『十四五』安徽省重点出版物规划项目

万绳楠全集

莊华峰 敬题

曹操诗赋编年笺证

万绳楠◎著

安徽师范大学出版社
ANHUI NORMAL UNIVERSITY PRESS

·芜湖·

图书在版编目(CIP)数据

曹操诗赋编年笺证 / 万绳楠著. —芜湖:安徽师范大学出版社,2023.10(2024.7重印)
(万绳楠全集)
ISBN 978-7-5676-6348-0

Ⅰ.①曹… Ⅱ.①万… Ⅲ.①曹操(155—220)—诗歌研究 Ⅳ.①I207.22

中国国家版本馆CIP数据核字(2023)第178382号

安徽省高峰学科安徽师范大学中国史建设项目

曹操诗赋编年笺证

万绳楠◎著

CAO CAO SHIFU BIANNIAN JIANZHENG

封面题字:庄华峰　　　　　　策划编辑:孙新文
责任编辑:翟自成　　　　　　责任校对:李　玲
装帧设计:王晴晴　冯君君　　责任印制:桑国磊
出版发行:安徽师范大学出版社
　　　　芜湖市北京中路2号安徽师范大学赭山校区　　邮政编码:241000
网　　址:http://www.ahnupress.com/
发 行 部:0553-3883578　　5910327　　5910310(传真)
印　　刷:江苏凤凰数码印务有限公司
版　　次:2023年10月第1版
印　　次:2024年7月第2次印刷
规　　格:700 mm×1000 mm　　1/16
印　　张:12　　插页:4
字　　数:194千字
书　　号:ISBN 978-7-5676-6348-0
定　　价:108.00元

凡发现图书有质量问题,请与我社联系(联系电话:0553-5910315)

万绳楠先生

（1923—1996）

序 言

曹操诗，古往今来，没有人为之编年。说实在的话，难度较大。然而，如果不知道曹操写的二十首诗的写作年代，就会对曹操的思想看不清楚。人们常说曹操"性不信天命之事"，在济南禁断淫祀，是一个唯物主义的思想家，可是却为他的游仙诗与诗中所表现追求仙道与神药的思想所困惑。人们常说曹操的游仙诗，是我国古典诗歌中游仙诗之祖，可是却为他不信天命的思想与禁断淫祀的行为所困惑。人们常说曹操的诗歌是现实主义的，但是注释起来，又变成理想主义的了。因此必须为曹操诗作出笺证，进行编年。

20×15=300　　　　　　　　安徽师范大学教务处编印

万绳楠先生手迹之一

　　大家都承认建安文学所表现出来的"建安风力"或风骨，标志着我国"文艺复兴"时代的到临。而曹操是建安风力的开创者，或如鲁迅先生所说，是"改造文章的祖师"。但是如果分开来，认为曹操诗是：理想的诗写理想，现实的诗写现实，游仙的诗写游仙，那就大大地降低了曹操诗的价值，这样的诗，无论如何也不能开创建安一代文学的风力；这样的诗人，无论如何也不能成为改造文章的祖师。

　　曹操诗的价值之高，就在于能把理想主义、浪漫主义与现实主义作高度的结合。有些诗，看起来是理想主义的，其实那种理想完全建立在现实的基础之上。如《对酒》写的，看来是纯理想主义的东西，其实却是当时的政局在陈蕃、窦武上台后，突现清明的反映。他心目中

万绳楠先生手迹之二

的"太平时"，是当时千家万姓心目中的太平时。
非他一人闭门造车，突发奇想。有些诗看来神
仙思想很浓，其实是浪漫主义的，而这种浪漫
主义往往又与现实主义结合在一起。他一直都
没有被仙道思想所俘虏，且叹惜过"痛哉世人"，
见欺神仙。他的游仙诗都不是坐在家里想出，
而是到过、看过被称为有仙迹之地，生出连想，
才将笔赋诗，诗中必有他当时的感情与志趣。
如《陌君山》、《华阴山》以及"歌以言志"
的《愿登泰华山》、《晨上散关山》，都是这样
的作品。还有一些诗，在历史上便是一个谜，
没有人解释清楚，如《短歌行·对酒当歌》。

陈寅恪先生常说文与史应当结合起来考察，
才能把文章的内容、历史的事实弄清楚。本稿
即是采用以史证文和以文证史的方法，阐述曹

万绳楠先生手迹之三

《万绳楠全集》整理工作委员会

治学贵在求真创新

——写在《万绳楠全集》出版之际

卜宪群

2023年是我的老师万绳楠先生诞辰一百周年，母校安徽师范大学历史学院组织整理的《万绳楠全集》（简称《全集》）也即将由安徽师范大学出版社出版。《全集》十卷，近300万字，比较系统地收录了万绳楠先生一生的学术论著。2023年初，负责这项工作的刘道胜院长给我打电话，约我给《全集》写个序。论在先生门下的资历、年龄和学问，我都深感不足以承担这个重任。后与同届师姐陈力通电话，她也认为我应该来写写万先生，因为师兄师姐们大都已经退休，寻找资料不方便，有的则联系不上，而我尚在科研岗位上，对各方面的情况熟悉一些。鉴于此，我也不再推脱了。当然也有另外一层因素，我从安徽师范大学硕士毕业后，学术研究的范围大体不出秦汉魏晋南北朝，随着年龄和阅历的增长，我对先生学问的敬仰之情益发浓厚，对先生在人生理想信念上的追求、在学术上的追求也理解得更通透一些。因此，我便不揣浅陋，以"治学贵在求真创新"为题，谈一点对先生史学研究思想与成就的粗浅看法。

一、治学信奉马克思主义

万绳楠先生是当代著名的魏晋南北朝史学家，在20世纪后半期的魏晋南北朝史学界和中国古代史学界有较大影响。但由于种种原因，关于他的生平事迹、学术经历，大家知道的很有限，对他的学术思想研究得也很不够。我认为，他是一位信奉马克思主义的史学家，这里谈几点看法。

万绳楠先生是一位坚定不移跟党走的史学家。先生1923年11月22日出生于江西南昌县。1929年9月至1935年7月在南昌市滕王阁小学学习，1935年9月至1939年在南昌第二中学学习，1940年至1942年7月在吉安市第十三中学学习，1942年9月至1946年7月在昆明西南联合大学历史系学习，1946年9月至1949年3月在北平清华大学历史研究所学习。在那个风雨如晦的时代，先生不仅饱受社会动荡、外族入侵的苦难，也历经了从小丧失双亲的痛苦。艰苦岁月培育了先生坚强的品格，也培养了他勤奋刻苦、依靠自己努力改变命运的顽强毅力，这是他能够考取西南联大历史系（同时还考取了交通大学电机系和浙江大学土木工程系），后又考取清华大学历史研究所的原因所在。随着解放战争的节节胜利，先生投笔从戎，加入解放军，先是在位于河北正定的华北大学学习（1949年3月至1949年6月），后在解放军南下工作团二分团十四中队（1949年6月至1949年8月）、第十五兵团政治部民运工作队（1949年8月至1950年）、第四十一军政治部宣传部（1950年至1953年）、中南军区文化速成学校与文化师范学校（1953年至1956年）、解放军军委文化师范学校（1956年至1958年）、北京市第五中学（1958年至1960年）工作。1960年，先生从北京来到安徽，先后在安徽大学历史系（1960年至1964年）、合肥师范学院历史系（1964年至1973年）、安徽师范大学历史系（1973年至1996年）工作。①从20世纪40年代末到60年代，先生转换这么多的工作岗位，在当时的环境下，岗位转换显然不完全是出自他自己的挑选，而是服从组织需要的结果。作为一名知识分子，万先生的一生是比较坎坷的，特别是"文革"期间，几乎九死一生。由于他在西南联大时是吴晗教过的学生，后又参加过吴晗主编的《中国历史小丛书》的写作，"文革"初期被作为"三家村"在安徽的代表进行批判，下放基层接受教育改造，直到"文革"结束后，先生才彻底平反回到教学科研岗位。虽然经历了常人难以忍受的痛苦，但丝毫没

---

① 以上先生的学习工作经历均根据安徽师范大学档案馆提供的1988年由其本人填写的"干部履历表"编写。

有动摇先生对党的信念、对教育工作的热爱。在1988年保存的"干部履历表"中，有一份先生亲笔书写的"本人总结"，其中写道："自党的十一届三中全会以来，国家生机蓬勃，四化速度加快，人的精神振奋。我决心把'文革'中失去的时间补上来，为四化多做一些工作，因此不辞教学任务重，科研项目多。当党要我同时担任低年级基础课、高年级选修课并招收指导研究生的时候，我愉快地接受下来。在教学和科研上，我永远是年轻的。任务多且重，是党对我的信任，是我有生之年价值之所在。"文中满满的正能量，哪能看得出这是出自一位曾经饱受文革之苦的人之手呢！对党的热爱是万先生的真诚信念，加入党组织是他一生的追求。1984年12月，万先生被接受为中国共产党党员，实现了他多年来的梦想。在"本人总结"中他写道："1984.12，我实现了自己多年来的梦想，被接受为光荣的中国共产党党员。当此改革之年、充满希望之年，我愿本着共产党员奋斗不息的精神，为教育改革更好地培养青年一代，为发展马克思主义的史学，分秒必争。"那时我在系里读研究生，也幸运地参加了先生入党的支部大会，我清楚记得会上先生是含着热泪说出这段话的。政治上的执着追求是万先生工作上异常勤奋的重要原因，体现了一位知识分子对党的真诚热爱。1996年10月3日，安徽师范大学在先生逝世的"讣告"中写道："万绳楠同志早年投身革命，拥护中国共产党的领导，热爱社会主义祖国，为革命和党的教育事业献出了毕生精力。"这个评价完全符合先生一生的实际。

万先生是一位善于运用唯物史观观察分析历史的史学家。新中国成立前，先生分别求学于西南联大历史系和清华大学历史研究所，那时的大学，马克思主义理论是进不了课堂的。我猜想，他系统学习并接受马克思主义理论应当是他进入革命队伍以后的事。从那时开始，先生的研究就彰显出以马克思主义唯物史观为指导的鲜明色彩。

一是坚持人民是推动历史前进的群众史观。人民群众是历史的创造者，是推动历史前进的动力，这是唯物史观的一条基本原理。评价历代统治阶级的统治政策是否具有进步意义，主要是看这些政策是否能够顺应时代和人民的要求，先生的研究贯穿着这一指导思想。根据"干部履历表"中的《万绳楠著述编年》（据字迹判断应当是先生自己所写），新中国成立后先生发表的第一篇论文是1956年的《关于曹操在历史上的地位问题》。这篇文章否定了历来将曹操作为"一个反面典型"的历史观，从曹操对中国古代经济文化发展所起的积极作用上，得出了"他对社会发展所起的促进作用比他所起的破坏作用是要大的，他在历史上的地位是应该肯定的"①观点。这篇短短五千多字的文章，有8处提到"人民"二字（不计算注释），强调曹操的政策符合人民的愿望、解放了人民的思想。这是非常有说服力的看法。关于曹操，先生还写了一系列文章，秉持的都是曹操顺应了历史发展潮流的观点。在《论诸葛亮的"治实"精神》一文中，先生充分肯定了诸葛亮治蜀的政策"符合黄巾起义以来客观存在的要求"②，这个"客观存在的要求"当然就是人民的希望与时代的要求，诸葛亮死后"黎庶追思"，就是人民对他的怀念。在《魏晋南北朝史论稿》中，先生认为淝水之战前东晋"镇之以静"的政策"为宽众息役，发展生产，稳定江东社会经济形势，开拓了一条道路"③，这个看法一反过去认为东晋政府只是门阀士族利益代表的观点。需要看到的是，虽然先生充分肯定曹操、诸葛亮、王导等人的历史作用，但他认为他们只是统治阶级的代表，真正发展生产、推动历史前进的还是广大劳动人民群众。这种从历史进步的群众史观出发分析历史的立场，在先生的论著中随处可以看到。

　　二是坚持阶级分析方法。阶级分析是观察历史非常重要的一种方法，唯物史观与阶级分析相结合，是把握一定时期社会经济关系和政治关系变动的钥匙。万先生的论著中，始终秉持这一原则，《曹魏政治派别的分野及其升降》就是一篇具有代表性的作品。此文不仅首次揭示了曹操手下存在着汝颍、谯沛两大政治集团的事实，而且揭示了这两大集团的历史渊源

---

① 万绳楠：《关于曹操在历史上的地位问题》，《新史学通讯》1956年第6期。
② 万绳楠：《论诸葛亮的"治实"精神》，《安徽师大学报（哲学社会科学版）》1978年第3期。
③ 万绳楠：《魏晋南北朝史论稿》，安徽教育出版社，1983年，第162页。

和经济基础的不同，指出汝颖集团可溯源于后汉的党锢之祸，而"党锢人物都是后汉形成起来的大田庄主或田庄主的子弟"①，他们是世族地主势力的代表，谯沛集团则代表了庶族地主的利益，他们在镇压黄巾起义的过程中联合起来，但政治集团上的分野又使他们最终分道扬镳。经济关系是阶级关系的基础，汝颖集团在斗争中战胜谯沛集团，是"封建大土地所有制的胜利，屯田制的失败。这是当时历史发展的必然结果"②，先生将两大集团的政治升降和汉魏政治权力的转移最终归结为经济关系的变动，并视为历史发展的必然，是阶级阶层分析方法的科学运用，有很强的说服力。阶级往往是由等级构成的，等级研究是阶级研究的重要内容。在《南朝的阶级分化问题》一文中，先生对南朝士族和寒门中出现的等级分化做了精辟的分析，认为士族的衰落与寒门的兴起体现的是历史进步③，这使我们对南朝出现的诸多关于士族贫富升降的历史现象有了科学认识。经济基础决定上层建筑是唯物史观的基本观点，也是阶级分析方法的基本出发点。在《从南北朝社会经济与政治的差异看南北门阀》一文中，先生提出北方重农、南方重商，经济基础不同，政治形态也不同。"南方士族既然立脚于家庭与商业之上，聚居于都邑，其社会经济基础自然不及北方士族雄厚。这种士族及由此而形成的士族制度，容易腐朽，经不起风浪。"④这就使我们对为什么南朝士族较北朝士族分化衰落得要快找到了一个答案。阶级分析方法是一把利器，但万先生并不盲目运用阶级分析，即使在十分重视阶级斗争的年代，也能够坚持实事求是的精神。在《魏末北镇暴动是阶级斗争还是统治阶级内部的斗争》一文中，先生对北镇暴动即六镇起兵的性质提出了不同看法。先生坚持阶级观点与历史主义相统一的原则，认为暴动由豪强这一阶级发动并左右，不是人民起义，只能是统治阶级内部

① 万绳楠：《曹魏政治派别的分野及其升降》，《历史教学》1964年第1期。
② 万绳楠：《曹魏政治派别的分野及其升降》，《历史教学》1964年第1期。
③ 万绳楠：《南朝的阶级分化问题》，《安徽师大学报（哲学社会科学版）》1983年第2期。
④ 万绳楠：《从南北朝社会经济与政治的差异看南北门阀》，《安徽大学学报》1963年第1期。

的斗争。①在《五斗米道与孙恩起兵》一文中，先生本着这一原则，同样否定其起兵是农民起义的性质。先生还专门写了《什么是农民起义？什么人才可以称为农民起义军的领袖？——评〈简明中国通史〉关于农民起义问题的论述》，借对吕振羽《简明中国通史》中关于农民起义问题的评价，系统阐释了他对历史上农民起义问题的看法。

三是坚持辩证唯物主义的联系观。辩证唯物主义重视事物之间的普遍联系，用辩证的、联系的观点把握事物的前后关系、局部与整体的关系，把一定的历史现象放到一定的历史环境之中去考察。万先生在《研究问题要注意事物之间的联系》一文中指出："对于历史上的任何一个问题，都不能作孤立、静止的研究，必须充分掌握资料，注意事物之间的联系。"②先生例举了陈寅恪将华佗的记载与佛经故事联系起来看的事例，指出"他（指陈寅恪）不只是根据我国的史籍，孤立地研究华佗，而是比较中印记载、语音影响，在一个大系统中进行全面研究"③，先生用此来强调联系的方法在史学研究中的重要性。他又例举了自己用联系的方法对曹操《短歌行·对酒》一诗解读的事例，指出"曹操的《短歌行·对酒》是建安元年在许都接待宾客时，主人与宾客在宴会上的酬唱之辞，并非曹操一人所写"④。纵览先生的研究，辩证联系的方法始终贯穿其中，正是这种辩证联系观，使先生能够在同一事物之间、众多事物之间或不同事物之间找出其中的联系，每每使他的文章能够发前人之所未发，给人耳目一新之感。

除了上述之外，唯物史观的社会形态学说在先生的论著中也十分突出。他注重奴隶社会和封建社会不同社会形态下的政治经济文化制度特点研究，秉持封建地主土地所有制说，肯定魏晋南北朝时期各民族政权封建化的历史进步意义，强调政治集团与阶级关系演变背后的经济因素，都是坚持社会形态学说的典型表现。从以上这些可以看到，先生虽然毕业于新

---

① 万绳楠：《魏末北镇暴动是阶级斗争还是统治阶级内部的斗争》，《史学月刊》1964年第9期。

② 万绳楠：《研究问题要注意事物之间的联系》，《文史哲》1987年第1期。

③ 万绳楠：《研究问题要注意事物之间的联系》，《文史哲》1987年第1期。

④ 万绳楠：《研究问题要注意事物之间的联系》，《文史哲》1987年第1期。

中国成立前的大学，但新中国成立后他学习马克思主义，坚持马克思主义，运用马克思主义，完全可以说他毕生追求马克思主义，是一位新中国培养起来的马克思主义史学家。

二、广博的治学领域与突出成就

万绳楠先生的治学领域很广博，涉及魏晋南北朝史研究、宋史研究和区域经济史研究等，尤以魏晋南北朝史研究见长。

（一）魏晋南北朝史多领域的突出成就

20世纪中国古代史在通史、断代史、专门史等各研究领域都取得了很大成绩，其中在断代史研究上，魏晋南北朝史所取得的成绩尤为突出。从20世纪初开始，人们逐步改变了对中国历史上分裂时期的历史或所谓"乱世"历史的一些不全面认识，运用新的历史理论与方法，开启了魏晋南北朝历史的新探索。曹文柱、李传军在《二十世纪魏晋南北朝史研究》一文中，将20世纪中国魏晋南北朝史研究以1949年为限划分为前后两个时期。前一个时期可分为1901—1929年和1930—1949年两个阶段。后一个时期可分为1949—1966年、1966—1978年和1978—2000年三个阶段。①万先生在魏晋南北朝史研究上，基本上完整经历了后一个时期的"三个阶段"。厚实的史学功底，敏锐的洞察力，勤奋的治学精神，长期的不懈探索，使他在魏晋南北朝史多个领域取得了十分突出的成就，他所思考的许多问题，在当时也明显具有学术前沿的性质。这里我选取若干领域做一简要介绍。

政治史领域深耕细耘。万先生继承了中国史学向来重视政治史研究的传统特点，又得20世纪上半叶以来中国实证史学派的方法精华，以唯物史观为指导，在魏晋南北朝政治史研究领域取得了突出成就，这是他一生学

① 曹文柱、李传军：《二十世纪魏晋南北朝史研究》，《历史研究》2002年第5期。

术成就的主要代表。首先，关于曹操和曹魏政治派别的研究。历史上对曹操的评判大体不离正统史观，史家、政治家根据各自的需要取舍，毁誉参半，缺乏科学的指导。受宋元以后戏曲小说的影响，在普通民众中曹操更成为一个反面典型。先生在《关于曹操在历史上的地位问题》一文中，从汉末黄河流域经济衰败的客观历史出发，认为曹操的屯田、抑制豪强兼并、减轻田租、提倡节俭等经济措施具有积极进步的意义。①先生又从曹操在思想文化上的贡献，肯定了他破除汉代以来儒家思想束缚的作用和倡导现实主义文风的意义。因此，先生认为"从曹操总的方面来衡量，曹操在历史上的地位是应该肯定的"②。这是新中国成立后率先对曹操历史地位提出肯定的史学家。先生对曹操的研究深入细致，《廓清曹操少年时代的迷雾》一文十分精彩，将曹操少年时代的事迹考证揭示出来，有力说明了曹操少年时品行不好却又能举孝廉入仕的原因，也说明了后来曹操政治思想与政治行为与他少年时的经历有十分紧密的关系。③在《曹魏政治派别的分野及其升降》一文中，先生对曹魏内部政治集团的精湛划分及其阶级基础的深刻揭示，可以说是为解剖曹魏政治演变和门阀政治的形成提供了一把崭新的钥匙。④其次，关于蜀、吴政治和两晋南北朝政治的研究。在《论诸葛亮的"治实"精神》一文中，先生将诸葛亮治蜀的精神归纳为"治实"，并从哲学、政治军事、自然科学三个方面对诸葛亮的治实精神进行了深入阐释。⑤这篇文章发表在"文革"结束后不久，澄清了在诸葛亮问题上被"四人帮"搞乱了的是非，并对诸葛亮这个历史人物，力求作出合乎科学的解释。在《魏晋南北朝史论稿》一书中，先生对孙吴立国江东问题做出了深入考察。先生指出，孙吴政权是靠江东名宗大族的支持建立

① 万绳楠：《关于曹操在历史上的地位问题》，《新史学通讯》1956年第6期。

② 万绳楠：《关于曹操在历史上的地位问题》，《新史学通讯》1956年第6期。

③ 万绳楠：《廓清曹操少年时代的迷雾》，《安徽师大学报（哲学社会科学版）》1988年第2期。

④ 万绳楠：《曹魏政治派别的分野及其升降》，《历史教学》1964年第1期。

⑤ 万绳楠：《论诸葛亮的"治实"精神》，《安徽师大学报（哲学社会科学版）》1978年第3期。

起来的，论孙吴的治国之道，必须先明江东经济的发展与大族的产生。孙吴的"限江自保""施德缓刑"以及"外仗顾、陆、朱、张，内近胡综、薛综"等治国方针与政策，是孙吴复客制、世袭领兵制、屯田制等重大政策形成的阶级基础和社会基础。①这是史学界较早全面对孙吴政权立国基础的政治考察，对我们理解孙吴政治与魏、蜀政治的区别有重要启示。在《东晋的镇之以静政策和淝水之战的胜利》一文中，先生将东晋前期的政治总结为"镇之以静"，并在王导、桓温、谢安时期一以贯之，认为这是东晋之所以取得淝水之战胜利的原因。②这个观点一改东晋政权只是偏安江南的旧识，推进了东晋政治史研究的深化。历史的必然性与人的主观能动性是相辅相成的。在《从陈、齐、周三方关系的演变看隋的统一》一文中，先生对为什么由继承北周的隋朝来统一，而不由北齐或者陈朝来统一做了细密周到的分析，指出"可知统一之所以由北不由南，而北又不由北齐而由北周及其继承者隋朝，是因为本来要与北齐结好的南朝，却偏偏走上了联周反齐之路"③。这一观点较以往只重视隋文帝在统一中的作用的观点更加全面。先生的政治史研究不限于魏晋南北朝，如《论隋炀帝》《武则天与进士新阶层》等文章，在隋唐政治史研究上都有新见解。

经济史领域开拓创新。20世纪魏晋南北朝经济史研究主要集中在社会性质问题、土地制度问题、赋税制度问题、户籍制度问题、部门经济与区域经济等问题上。万先生在上述领域中大都有创新性的研究。关于土地制度问题，先生在《魏晋南北朝史论稿》中对曹魏小块土地所有制、屯田制、田庄制三种土地所有制形式进行了比较，认为曹魏以保护自由农为主体的小块土地所有制为主体，但又能使三种土地所有制在一定时期内并存，发挥各自的作用，使汉末受到严重破坏的生产力，得以复苏。④这是曹操在经济政策上强于其他军阀之处所在。田庄经济是魏晋南北朝经济的

---

① 万绳楠：《魏晋南北朝史论稿》，安徽教育出版社，1983年，第62—71页。

② 万绳楠：《东晋的镇之以静政策和淝水之战的胜利》，《江淮论坛》1980年第4期。

③ 万绳楠：《从陈、齐、周三方关系的演变看隋的统一》，《安徽师大学报（哲学社会科学版）》1985年第4期。

④ 万绳楠：《魏晋南北朝史论稿》，安徽教育出版社，1983年，第26—35页。

重要组成部分，先生在很多论著中都谈到这个问题，比如上述曹魏三种土地所有制比较中，就谈到了曹魏时期的田庄"无疑起着组织生产的作用，有一定的活力，不失为当时一支重要的、仍占主导地位的生产力量"①。田庄经济不是一成不变的，随着时代变化，田庄经济也在发生变化，先生正是用这种发展变化的观点看待田庄经济，并分别写出了《南朝时代江南的田庄制度》和《南朝田庄制度的变革》二文。在前文中，先生对南朝江南田庄兴起的历史背景和南朝江南田庄的特点进行了仔细分析，得出了南朝时代江南的田庄制度，是随着江南的开发与庶族地主、商人的兴起而发展起来的，是建立在家族而非宗族地主对佃客、奴隶的剥削与压迫的基础之上的重要结论。②在后文中，先生指出，南朝的田庄主土地占有形态，和唐朝是一个类型，和汉、魏已自不同。唐朝的庄园制度源自南朝。南朝田庄制度的变革，是中古土地制度的一个重大变化。先生在文中还对南朝大家族（宗族组织）的破坏、田庄中部曲组织的消亡、剥削方式的变化进行了详细论证。③先生的系列研究将南朝江南田庄与之前及同时代其他政权下的田庄制度清楚地区分开来，使我们看到了田庄经济在不同时期的发展变化和历史影响。魏晋南北朝是一个人口大流动大迁徙的时期，人口流动所带来的行政区划变化以及户籍制度的新形态，是影响魏晋南北朝社会经济发展的重要问题。侨郡县是东晋南朝时期安置迁徙流动人口的一项行政措施，它是一个政治问题，更是一个经济问题。在《晋、宋时期安徽侨郡县考》和《江东侨郡县的建立与经济的开发》二文中，先生分别对安徽境内和江东地区的侨郡县进行了详细考证，前文首次对晋、宋时期安徽境内的侨郡县状况，以及北方流民进入安徽和安徽本部人向南流动的大致情况进行了系统梳理④，后文则对江东侨郡县的分布特点以及江东政权对侨

---

① 万绳楠：《魏晋南北朝史论稿》，安徽教育出版社，1983年，第35页。

② 万绳楠：《南朝时代江南的田庄制度》，《历史教学》1965年第11期。

③ 万绳楠：《南朝田庄制度的变革》，《安徽师大学报（哲学社会科学版）》1980年第2期。

④ 万绳楠：《晋、宋时期安徽侨郡县考》，《安徽师大学报（哲学社会科学版）》1982年第2期。

民的政策进行了全面分析①。侨郡县的设置不仅在政治上稳定了因战乱而造成的流动人口，更重要的是推动了安徽特别是皖南和江东地区的经济开发与文化发展。江东地区尤其是沿江地区经济的开发，与江东政权对待流人的政策不可分。正如先生所指出的那样："论江南经济开发的文章，我所见到的颇为不少，惜乎语焉不详，且不中肯綮，故立论如上。"②从侨郡县的设置及其政策看安徽和江东地区经济开发是一个新的视角，先生的研究走在了当时经济史研究的前列。户籍向来是经济史研究的重要内容，魏晋南北朝的户籍问题因人口迁徙和侨郡县的设置尤其显得复杂化，文献上出现的"白籍""黄籍"究竟何指，"土断"与黄、白籍究竟什么关系，古今史家莫衷一是。先生在《论黄白籍、土断及其有关问题》《江东侨郡县的建立与经济的开发》等文中，对这些问题做了细密考证。先生指出："黄籍是两晋南朝包括士族和庶民在内的编户齐家的统一的户籍。士族的黄籍，注有位宦高卑，庶民无之。士族可凭黄籍上的爵位证明为士族，免去徭役。庶民已在官役的，可以在黄籍上注明何人。白籍则是在特定时期产生的、有特定含义的户籍。它出现在东晋初，为自拔南奔的侨人所持有。他们大都住在侨郡县中。之所以谓之为白籍，是因为夹注有北方原地的籍贯，好作将来回到北方入籍的凭证。持白籍的不交税，不服役。"③由于人口不断南迁给东晋政府带来严重的社会经济问题，因而有了咸和二年（327）土断。这次土断中整理出来的黄籍，称为《晋籍》。它是南方土著人民和以土著为断的北方侨人的统一的户籍，此籍一直沿用到宋元嘉二十七年（450）。咸康、兴宁、义熙年间的阅实编户与依界土断，是咸和二年（327）土断的整顿与补充。侨人一经土断，白籍即换成黄籍。南齐大力进行土断，罢除侨邦，是白籍行将消亡的反映。其最后消亡，可以梁天监元年（502）罢除最后一个侨邦南徐州为标志。此后所谓土断，是土断杂居

---

① 万绳楠：《江东侨郡县的建立与经济的开发》，《中国史研究》1992年第3期。

② 万绳楠：《江东侨郡县的建立与经济的开发》，《中国史研究》1992年第3期。

③ 万绳楠：《论黄白籍、土断及其有关问题》，载《魏晋南北朝史研究》，四川社会科学院出版社，1986年，第286页。

流寓的人户。①先生的这些观点，厘清了复杂多变的东晋南朝政权下户籍变化的线索，辨清了史书上模糊不清的土断、白籍、黄籍等概念，为经济史研究提供了基本的史实基础，可以说是一个重大贡献。先生在经济史上的研究还有西晋的经济制度、北魏的均田制和地主土地所有制以及江南经济开发等诸多问题，彰显出他在经济史研究上的深厚功力。需要指出的是，先生的经济史研究坚持以唯物史观为指导，将地主土地所有制作为观察分析魏晋南北朝经济史的基本出发点，并将经济变化与政治变化相联系，使他的经济史研究充满了时代感。

思想文化史领域视野宽阔。与两汉相比，魏晋南北朝思想文化突破了经学独尊的束缚，呈现出多元化的趋势，域外文化与华夏文明交往交流，开启了文化交融的新时期。20世纪后半期，特别是改革开放以后，魏晋南北朝思想文化史研究呈现出繁盛局面。其中，万先生以其宽阔的学术视野，在魏晋南北朝思想文化史领域独树一帜，取得了突出成就，其研究涉及政治文化、哲学思想、宗教思想、史学思想、艺术与科技、少数民族文化等诸多领域，特别是《魏晋南北朝文化史》一书，是他关于魏晋南北朝思想文化史研究的系统思考。这里我选取若干角度做一介绍。首先，关于文化史研究的理论思考和魏晋南北朝思想文化的整体史观。早在20世纪90年代初，先生在《对文化史研究的思考》一文中就对文化史的概念与研究对象做过界定，指出："现在文化与文明两个概念常被混淆。按照摩尔根所说人类自野蛮时代进入文明时代，以文字的发明为标志，而文字的发明又是文化的开端。可知文化者，乃用文字写下来的各科知识也。"②但是先生认为，文化史又不仅只是各科知识史、有关制度史，而且要把各科知识所达到的深度及所反映的文明程度揭示出来。易言之，即要揭示出黑格尔所说的"时代精神"。③后来他又指出："因此，凡属文化知识领域中的问

---

① 万绳楠：《论黄白籍、土断及其有关问题》，载《魏晋南北朝史研究》，四川社会科学院出版社，1986年。

② 万绳楠：《对文化史研究的思考》，《文史哲》1993年第3期。

③ 万绳楠：《对文化史研究的思考》，《文史哲》1993年第3期。

题，都应当是文化史所应讨论的问题。如果缺了一个部门或项目，那就不是一部全面的文化史，就无从窥探某个时期或时代文化的全貌、相互作用、发展停滞或萎缩的总原因与具体原因。"①文化史绝不是儒术史，也绝不是哲学史。文学、史学、艺术、自然科学、各派经济思想、政治思想、社会思想、各族文化状况、文化交流……无一不在文化史探讨的范围中。从这个角度出发，先生把职官制度、选举制度、学校制度、哲学思想、政治思想、经济思想、社会组织与社会风俗、文学、艺术、史学、自然科学、道教、佛教以及各族文化状况、中外文化交流等内容，都纳入了他考察的范围，形成了他以制度文化和精神文化为主体的文化史观。关于魏晋南北朝思想文化的历史地位，先生认为，魏晋南北朝时代是各科文化蓬勃发展的时代，把汉朝远远抛在后头。现在已经没有人相信甚么"黑暗时代"的陈旧说法。先生还具体指出了这个时期文化长足发展的原因是专制主义的削弱、儒术独尊地位的跌落、官营王有制度的失败、大家族的解体和个性的解放。其次，深入挖掘时代的思想文化精华。在立足魏晋南北朝思想文化整体史观的基础上，先生对这一时期思想文化及其流派和代表人物等很多问题都有自己深刻独到的见解，是他史学思想极具闪光的一面。在《嵇康新论》一文中，先生将嵇康的思想从所谓"竹林七贤"中其他人的思想分离开来，高度赞扬了嵇康反对封建儒学，富有民主精华的进步思想。②在《略谈玄学的产生、派别与影响》一文和《魏晋南北朝史论稿》第五章第二节，以及《魏晋南北朝文化史》第三章中，先生对魏正始年间何晏、王弼创立的玄学及其意义和派别分野进行了开创性研究。他指出："玄学并非消极的东西。它好比一颗灿烂的明星，进入魏晋时代的思想界天空，放出了奇光异彩。"③但是正始之音并不是只有一种声音，何晏标榜无为，把无和有对立起来，是二元的；王弼标榜无为，把无当本体，把有当派生的东西，是一元的，因此何晏与王弼是玄学内部两种不同的声音。究其原因，

---

① 万绳楠：《魏晋南北朝文化史·序言》，黄山书社，1989年，第1页。

② 万绳楠：《嵇康新论》，《江淮论坛》1979年第1期。

③ 万绳楠：《略谈玄学的产生、派别与影响》，《孔子研究》1994年第3期。

是他们各自代表了不同政治集团的思想，是当时曹魏政治上两大派别斗争的反映。先生将玄学研究与政治派别分野结合起来分析，是一卓识。尽管玄学在这一时期高调登场，但先生认为魏晋南北朝时期的主流思想仍然是儒学而不是玄学①，先生在20世纪50年代得出的这个结论，在后来的魏晋南北朝思想史研究中应该是得到了大多数人的认同。在思想文化史研究中，先生始终高举唯物史观大旗，高扬唯物论思想的积极意义，批判唯心论的消极作用，特别是在对君主专制的批判上毫不留情，是他思想文化史研究上极富战斗性的一面。在宗教思想研究上，先生多有发明。在《"太平道"与"五斗米道"》一文中，先生对《太平经》的性质及其与黄巾起义的关系做了细致辨析，认为它们之间既有联系更有本质区别，不能把《太平经》与作为"异教"的"太平道"混为一谈，而五斗米道从一开始，就是地主阶级的宗教，是地主阶级用来剥削、压迫与愚弄农民的宗教组织，教义上没有任何积极的东西，只有消极的影响。②先生的这个思想产生在20世纪60年代初，那个时期对阶级斗争和农民起义高度重视，能够用这样冷静客观的态度对待太平道和五斗米道，是十分可贵的求真精神。先生对道教的研究并不限于这些局部，而是从整体上对魏晋南北朝时期道教的产生与发展做了系统梳理，新意迭出。③在佛教研究上，先生不仅对佛教传入中国的过程及其地位的确立有细致考证，而且提出了佛教"异端"思想产生的背景与斗争这一重要问题，明确指出"中国的佛教异端，是在南北朝时代，在北方形成的"，其原因乃是北朝佛教的僵化所致。④从思想文化史的视角出发，先生还对魏晋南北朝时期的史学、艺术、文学、风俗、科技以及社会生活与文化交流等诸多内容也有精湛研究，这里不再一一介绍。

---

① 万绳楠：《魏晋南北朝时代的思想主流是什么》，《史学月刊》1957年第8期。

② 万绳楠：《"太平道"与"五斗米道"》，《历史教学》1964年第6期。

③ 参见万绳楠：《魏晋南北朝文化史》第十二章"我国道教的产生与发展"，黄山书社，1989年，第298—325页。

④ 参见万绳楠：《魏晋南北朝史论稿》第十五章"论佛教在南北朝时期的传播"，安徽教育出版社，1983年，第330—350页；万绳楠：《魏晋南北朝文化史》第十三章"佛教的勃兴与弥勒异端的产生"，黄山书社，1989年，第326—348页。

（二）宋史研究的倾力奉献

　　万先生是一个学术旨趣十分广泛的学者，他不仅在魏晋南北朝史领域取得了突出成就，在宋史领域也收获不菲，为宋史研究做出了一定的贡献。先生在宋史领域的贡献主要体现在《文天祥传》和《关于南宋初年的抗金斗争》《关于王安石变法的几点商榷》《宋江打方腊是难以否定的》《诗史奇观——文天祥〈集杜诗〉》等系列文章上，这里重点介绍《文天祥传》。文天祥是南宋后期民族矛盾尖锐时期产生的一位民族英雄，他去世后，事迹广为流传，自古就有不少人为他立传。但如同先生所说的那样，所有的文天祥传都有两个基本缺陷，一是从忠君立论，二是但述事实经过，而又偏重起兵勤王以后的经历。新中国成立以后关于宋代民族英雄的研究明显又偏重于岳飞，对文天祥的研究稍显不足。先生的《文天祥传》就是在这样的背景下从史学传记的角度写作而成的。该传用近30万字、十章（另附事迹编年）的篇幅，详述了文天祥的生平事迹、爱国思想、文学成就、事迹流传等重大问题，首次全面揭示了文天祥的一生经历，考证了很多模糊不清的史事，并对与之有关的宋元历史进行了评论，是传、论、考相结合的典范。《文天祥传》发明甚多。首先，廓清了文天祥籍贯和生平事迹问题。通过详细辩证，先生认为文天祥的籍贯应该是吉州庐陵县富川镇，而不是以往所认为的富田，宋时只有富川而无富田，富田替代富川是元朝以后的事。宋代富川是镇，地位与乡相等，不属于淳化乡，亦不属于顺化乡，将富田归属于淳化乡，是清朝以后的事。[①]籍贯问题虽然很具体，但是研究文天祥必不可少的基本问题。先生还对文天祥中状元时的年龄、某些重要作品的写作年代等问题进行了考证，为进一步研究文天祥奠定了扎实基础。其次，深入挖掘了文天祥的爱国思想。先生认为，文天祥不仅是一个爱国者，而且是一个政治家、思想家，他的爱国思想不是古已有之，而有他的特殊点，这个特殊点就是他的哲学思想和政治

---

　　① 万绳楠：《文天祥传》，河南人民出版社，1985年，第1—7页。

表现。先生指出："七百年来，都以为文天祥爱国是受儒家思想乃至理学熏陶的结果。殊不知他的爱国思想扎根于他的生气勃勃的唯物思想中，具有强烈的反理学意义。"①与宋代死守祖宗之法不同，文天祥的哲学思想根植于《易》学的唯物辩证思想，特别是他强调自强不息精神对个人和国家的重要意义，正是他一生爱国不息、斗争不息、改革不息的哲学基础。②这个看法虽不无可商榷之处，但却在一定程度上揭示了文天祥为什么能够在社会危机和民族危机深重的南宋后期，坚决为国奋斗不息直至献出生命的根源所在。先生认为，文天祥爱国思想在政治上的表现不只是抗元，更重要的方面"是他不仅要求改革，而且要求改革不息；不仅要求改革宋太祖、太宗制定下来的祖宗之法，而且要求一直改下去，直到实现天下为公"③。先生还具体指出了文天祥主张改革不息"三个具体的、带根本性的问题"④，即地方问题、三省六部问题和用人问题。文天祥的改革思想虽然"近于空想"，不可能在当时的南宋实现，但"应当承认它在我国政治思想发展史上所具有的划时代的意义和里程碑的地位"⑤。改革不息论是文天祥政治思想中也是爱国思想中最本质的东西，也是最重要的内容。不改革便不能抗元，爱国首先就应要求改革。这是我们研究他在抗元中所表现出来的爱国思想时，必须理解的东西。文天祥的抗元是与他"法天不息"的唯物主义思想联系在一起，而非与儒家的忠孝仁义相联系，是为了"生民"的利益，而非与地主阶级、赵家王朝的利益相联系。⑥这些看法都极大丰富了我们对文天祥爱国思想内涵的认识。第三，对宋元之际历史变化的深刻洞察。既往研究文天祥较少考虑宋元之际历史变化的必然性和偶

---

① 万绳楠：《文天祥传》，河南人民出版社，1985年，第266页。

② 参见万绳楠：《文天祥传》第八章第一节"文天祥爱国思想的哲学基础"，河南人民出版社，1985年，第266—275页。

③ 万绳楠：《文天祥传》，河南人民出版社，1985年，第275页。

④ 万绳楠：《文天祥传》，河南人民出版社，1985年，第277页。

⑤ 万绳楠：《文天祥传》，河南人民出版社，1985年，第282页。

⑥ 参见万绳楠：《文天祥传》第八章第三节"文天祥爱国思想在抗元方面的表现"，河南人民出版社，1985年，第282—289页。

然性问题。先生指出，文天祥生活在南宋内忧外患十分深重的年代，"但这个时代并非南宋注定要灭亡、元朝必定要统治全中国的时代，而是黑暗中有光明。这光明就是：只要南宋改革导致社会危机和民族危机的守内虚外之法，就不会是元兵南进，而是宋旗北指"①。但南宋政权并不采纳文天祥的主张，一再错过历史给予的机遇，抱住祖宗之法不放，致使拥有军队七十多万，经济力量远胜于蒙古，且有文天祥这样贤才的南宋，不断屈膝投降，根本原因就是以皇帝为首的最高统治集团的守内虚外的国策，"这个国策培育出来的最高统治集团，对外以妥协投降，对内以镇压人民、削弱地方、排斥贤才、反对任何改革为特征。这个国策不变，统治集团也就不会倒；统治集团不倒，这个国策也就不会变"②。南宋不是必然灭亡，元朝不是必然胜利，文天祥不是愚忠献身。先生对宋元之际历史的深刻洞察，使我们对文天祥抗元斗争直至献出生命的历史意义有了比以往更加深入的认识。第四，确立了文天祥在中国文学史上的地位。先生在传中用一章四节的篇幅论述了文天祥在文学上的成就，指出"文天祥在文学上的成就，比之唐、宋各大名家，毫无逊色"③。文天祥一改南宋文体、诗体破碎、卑弱，朱熹以后鬼头神面之论，"不赞成有意为诗""主张动乎情性"，提出了"自鸣与共鸣之说"，先生认为与自鸣相结合的共鸣论，"是文天祥对文学理论尤其是现实主义文学理论的一大贡献"④。先生还对文天祥的诗歌进行了分期，对其不同时期诗歌的内容与特点进行了细致分析，深刻揭示了文天祥作为"现实主义文学巨匠"，其诗歌具有"振起过一代文风""是我国文学宝库中的无上珍品"的历史地位。⑤先生一生的学术重点不是宋史，但从《文天祥传》中可以看到他不仅对文天祥有深入研究，也对宋代政治史、思想史和文化史有独到的见解。

---

① 万绳楠：《文天祥传》，河南人民出版社，1985年，第18页。

② 万绳楠：《文天祥传》，河南人民出版社，1985年，第97页。

③ 万绳楠：《文天祥传》，河南人民出版社，1985年，第290页。

④ 万绳楠：《文天祥传》，河南人民出版社，1985年，第291—293页。

⑤ 参见万绳楠：《文天祥传》第九章"文天祥在文学上的成就"，河南人民出版社，1985年，第290—336页。

（三）区域经济史研究的开辟

有学者指出："区域经济的研究是 80 年代以来学者们着意很多的课题，取得的成就相当可观。"①但万先生从 20 世纪 60 年代开始就十分关注魏晋南北朝区域经济史的研究，从 60 年代到 90 年代，他撰写了《六朝时代江南的开发问题》《南朝时代江南的田庄制度》《南朝田庄制度的变革》《江东侨郡县的建立与经济开发》等一系列论文，对长江中下游区域经济史就有了深入研究。在此基础上，1997 年，万先生等著的《中国长江流域开发史》一书出版，该书是原国家教委"八五"社会科学重点科研项目的结项成果，也是国家"九五"重点规划图书。全书用八章 50 万字的篇幅，从历史纵向角度，全面考察了从石器时代到明清时期长江流域开发的整体历程，是我国第一部全面论述长江流域社会经济与文明发展进程的著作。该书首次对长江流域各历史时期的经济开发与文明发展历程做了系统总结。例如关于石器时代的长江流域，该书指出，与黄河流域一样，长江流域也有它自己的石器时代与人类。论文化并不比黄河流域有任何逊色。该书用丰富的考古资料论证了旧石器时代的长江流域是人类起源的重要地区、新石器时代晚期的良渚文化是长江流域跨入文明门槛的前夜。从青铜器的制作和江西清江吴城出土的刻划文字符号看，"炎帝神农氏时期，南方长江流域当已进入文明时代。其文明程度不会下于轩辕氏所代表的北方文明"②，甚至"南方长江流域当比北方更早地进入文明时代"③。关于列国时期的长江流域，该书认为这是一个经济、文化突飞猛进的发展时期，楚、吴、越、巴、蜀等国农、工、商业综合发展，但秦的征服，则使整个长江流域的开发，遇到了一次大顿挫。关于秦汉时期的长江流域，该书使用了"曲折性"三个字来概括。秦的落后政策，将长江流域的开发拉向后退，开发无闻。汉初政策调整，长江流域的开发也在继续抬头。两汉长江

---

① 曹文柱、李传军：《二十世纪魏晋南北朝史研究》，《历史研究》2002 年第 5 期。

② 万绳楠、庄华峰、陈梁舟：《中国长江流域开发史》，黄山书社，1997 年，第 25 页。

③ 万绳楠、庄华峰、陈梁舟：《中国长江流域开发史》，黄山书社，1997 年，第 23 页。

流域开发虽在继续，但又不断受到"虎狼之政"的破坏，是"曲折性"的反映。关于魏晋南北朝时期的长江流域，该书用"迅速发展与几度猝然跌落"来概括。吴、魏、蜀时期长江流域的交通运输业、城市与商业、农业发展迅速，西晋由于政治原因，长江流域开发陷于停滞状态。东晋"镇之以静"的政策，以及侨郡县的设置与对待流人的政策，促进了江东社会经济的发展，江南腹地及沿海地区得到开发。南北朝末年至隋，由于侯景之乱和隋的政策原因，长江流域开发又陷于停顿。关于唐五代时期的长江流域，该书用"继续发展与经济中心的逐渐南移"来概括。唐继承了南北朝以来的重要经济制度和隋朝留下的大运河，长江流域整体经济结构与发展水平上了新台阶，天宝以后，经济重心南移。五代十国，长江流域有八国，仍可见到长江流域农、工、商业在唐朝开发的基础上进一步深入发展。关于宋元时期的长江流域，该书认为两宋长江流域又获得了进一步的开发，农业、手工业、交通运输业、商业与城市都有了新的发展，经济形态呈现出新变化，四大发明是在长江流域完成的。但由于两宋在政治上都执行"守内虚外"的政策，这种开发仍旧受到限制。到蒙古入主中原，甚至一度逆转。关于明清时期的长江流域，该书用"经济开发的新发展"和"艰难曲折性"来概括。由于统治政策的调整，明清时期长江流域社会经济有了长足发展，生产力水平的提高，资本主义生产关系的萌芽已在明中后期，出现于长江中下游地区商品经济极为发达的苏、杭一带，并逐渐扩展至其他地区。这是一个新现象。清前期，我国资本主义萌芽继续缓慢发展，在整个长江流域显现得更为突出。然而，由于种种历史条件未能具备，中国资本主义的胎儿始终没有冲出孕育了它的封建社会的母体，滋长壮大，这不能不是中国历史发展进程中的一个极大的令人深以为憾的曲折和不幸。纵览该书，其特点非常鲜明：一是十分重视我国历史上统治阶级的政策与经济发展的关系，将经济发展与政治环境相联系，深刻阐明了上层建筑对经济基础的反作用；二是十分重视经济发展与科技文化发展的关系，该书几乎在论述每个时代经济开发之后，都要论述该时期科技文化发展的状况，可以说该书也是一部长江流域科技文化发展史。总之，通过该书，我们不仅可以认识到长江流域文明发展史在中华文明发展史上的重要地位，把握长江流域经济开发的历史经验教训，也能为今天长江流域的开发提供历史借鉴。

以上总结虽远远不能涵盖先生的全部学术成就，但从中也可以窥见先生广博的学术视野、深刻的问题意识和极具前沿性的探索精神。

三、丰厚的治学思想遗产

万绳楠先生用其一生的心血，给我们留下了300余万字的史学论著，这是一笔宝贵的史学遗产。据我目力所及，对先生史学成就评价、总结和研究的文章目前有周一良《评介三部魏晋南北朝史著作》[1]，朱瑞熙《宋人传记的佳作——评〈文天祥传〉》[2]，彦雨《一部反映出时代精神的新文化史——评万绳楠教授的〈魏晋南北朝文化史〉》[3]，汪姝婕《简评〈中国长江流域开发史〉》[4]，卫丛姗《万绳楠史学成就研究》[5]等，这些文章从不同侧面对先生的史学成就进行了评述和研究。还有不少学者和先生的学术观点进行商榷。[6]无论是评述还是商榷先生的论著，也无论是赞

① 周一良：《评介三部魏晋南北朝史著作》，《北京大学学报(哲学社会科学版)》1985年第2期。

② 朱瑞熙：《宋人传记的佳作——评〈文天祥传〉》，《中州学刊》1986年第3期。

③ 彦雨：《一部反映出时代精神的新文化史——评万绳楠教授的〈魏晋南北朝文化史〉》，《安徽史学》1991年第1期。

④ 汪姝婕：《简评〈中国长江流域开发史〉》，《光明日报》1999年8月13日。

⑤ 卫丛姗：《万绳楠史学成就研究》，鲁东大学硕士学位论文，见"中国知网"，2021年。

⑥ 如曹永年、周增义：《论隋炀帝的"功"与"过"——兼与万绳楠先生商榷》，《史学月刊》1959年第12期；魏福昌：《隋炀帝是不折不扣的暴君——与万绳楠同志商榷》，《史学月刊》1959年第12期；孙醒：《试论文天祥的哲学思想——兼与万绳楠同志商榷》，《河南大学学报(哲学社会科学版)》1989年第1期；王琳祥：《赤壁战地辨析——与万绳楠先生商榷》，《安徽师大学报(哲学社会科学版)》1992年第4期；高华平：《也谈陈寅恪先生"以诗证史、以史说诗"的治学方法——兼与万绳楠先生商榷》，《华中师范大学学报(哲社版)》1992年第6期；张旭华：《梁代无中正说辨析——与万绳楠先生商榷》，《许昌师范学院学报》1993年第3期；等等。

同或不赞同先生的观点，都说明先生的论著产生了十分广泛的学术影响。先生取得的这些学术成就与他的治学思想是不可分割的，在前人研究的基础上，我对先生的治学思想谈三点感想。

（一）吸收三种史学的精华

观察万先生治学方法，明显可以看到三种史学思想对他的影响。首先是受我国传统史学求真致用思想的影响。"多闻阙疑，慎言其余"①，"故疑则传疑，盖其慎也"②。我国传统史学倡导严谨求实的治学态度，在追求史实真相上不遗余力，从不随意揣测，历代史学秉笔直书精神和发达的考据学，就是这种求真思想的具体体现。求真是对事物本来面貌的揭示，对史学研究而言，全面掌握史料是求真的基础。先生十分强调在史学研究上要打好基础，在读书上下功夫。先生指出："说基础知识浅，容易学，这表现出对基础知识缺乏了解。一般来说，基础知识包括三个方面，一是基本理论知识，二是基本专业知识，三是基本技能或基本治学能力。三者缺一，都不能说基础好。"③打好基础的关键是读书，先生说："历史上凡是维护真理的人，没有一个不苦功读书。"④读书要有一定的方法，先生总结出古人读书的方法，指出："批点、注释和校补，是古人成功的读书方法。"每一种方法都有其独特的价值和作用，"我们总是说要读几本基础书，同时要多读其他书，但总是苦于不知怎么读，怎么掌握，如果能分别或同时采用以上三法，我觉得不管哪一类的书，都可读深读透"⑤。仅仅读书还不行，还要做卡片，"卡片一万张，学问涨一丈"是先生的一句名言，就是强调知识积累的重要意义。仅仅有卡片也不行，还要思考，先生说："读书最怕思之不深，览之不博，不然，是会出错误的。"⑥刻苦读书

---

① 何晏注，邢昺疏：《论语注疏》卷二《为政》，北京大学出版社，2000年，第22页。

② ［汉］司马迁：《史记》卷十三《三代世表》，中华书局，1982年，第488页。

③ 万绳楠：《基础容易打吗？》，《安徽日报》1962年1月5日。

④ 万绳楠：《"百家争鸣"三题》，《安徽日报》1961年9月27日。

⑤ 万绳楠：《批点、注释和校补》，《安徽日报》1961年11月17日。

⑥ 万绳楠：《白门新考》，《南京史志》1992年第2期。

勤于思考，使先生的论著在很多方面能够发前人之所未发，读过他的论著的人应当感受到，他的许多真知灼见，就是在广博的知识积累和勤奋思考之上而产生的。致用是我国传统史学的又一大特色，是我国传统史家治史的重要追求。我国传统史学的致用思想体现在为现实政治提供借鉴，为社会教化提供是非善恶标准，为文化自信提供精神向导等方面。我国史学的这一优秀传统同样深刻体现在先生身上，他的群众史观思想，就是反映了他的历史研究是为中国共产党领导下的新中国人民服务的。他用唯物史观的基本原理来分析历史人物、历史思潮、历史事件、历史变迁，不仅为史学界，也为社会大众提供了评判历史是非功过的马克思主义观点。他书写的魏晋南北朝政治史、经济史、思想史、文化史、民族史，以及宋史和长江流域开发史等等，为增强文化自信和对中华文明的统一性与多样性认识提供了丰富的精神源泉。其次是受近代实证史学思想的影响。近代实证史学（过去也经常称为近代资产阶级史学）是在吸收传统史学的精华和近代西方史学理论方法基础上产生的，它突破了传统史学方法和视野的局限，开创了中国历史研究的新局面。作为近代实证史学的重要代表人物陈寅恪先生的学生，先生的史学研究明显受到陈寅恪的影响。陈寅恪先生精于史实考证，学术视野宽阔，注重从地域、集团、阶级、文化出发分析历史，"还很重视历史现象的前因后果和历史发展的基本线索，往往能提出一些独到的见解"①。先生还将他于1947年至1949年在清华大学历史研究所听陈寅恪先生的讲课笔记整理出来，出版了《陈寅恪魏晋南北朝史讲演录》一书，极大丰富了陈寅恪先生关于魏晋南北朝史研究的系统理论观点，弥补了陈寅恪先生史学思想研究资料缺乏的重大缺憾，这是先生的又一重大史学贡献。先生在史学研究中，明显使用了地域、集团、文化、阶级等理论方法分析魏晋南北朝史中的许多历史问题，如论曹魏时期的政治派别划分及其阶级基础、正始之音与集团斗争、孙吴立国的阶级基础等，都充分运用了这些方法。以诗证史、以史说诗是陈寅恪扩展史料、开拓史学新领

---

① 林甘泉：《20世纪的中国历史学》，载《林甘泉文集》，上海辞书出版社，2005年，第353页。

域的重要方法，先生受其影响不仅对魏晋南北朝文学研究情有独钟，而且经常将这一时期的政治经济状况与诗歌产生的背景相联系，对相关问题进行研究，如《木兰诗》和《孔雀东南飞》的写作时间及故事发生背景，以及运用诗歌中描写的景色来论证江南的开发等等。先生还撰写了《曹操诗赋编年笺证》一书，是他继承老师诗史互证传统并运用于史学实践的最好说明。第三是全面接受马克思主义唯物史观。我认为，传统史学和近代实证史学对万先生的史学思想影响虽然很大，但也只限于方法论层面，决定先生史学研究的根本指导思想还是唯物史观，唯物史观的社会形态理论、群众史观、阶级分析方法、辩证联系的方法，我在前述"治学信奉马克思主义"一节中已经有过分析，这里再做一点补充。在《陈寅恪魏晋南北朝史讲演录》的"前言"中，万先生认为，阶级分析和集团分析（实际上也是阶级分析）方法"贯穿在陈老师的全部讲述之中"，并提出了"陈老师不仅是我国近代资产阶级史学的开创者和奠基人，而且是从资产阶级史学过渡到马克思主义史学的桥梁"的观点。①那么先生的阶级分析方法与陈寅恪的阶级分析方法是什么关系呢？我以为先生秉承的是唯物史观的阶级分析方法，与陈寅恪先生的阶级分析有区别。陈寅恪先生在讲述中确实使用了"社会阶级"这个概念来分析魏晋南朝社会的变化，但是很明显，陈寅恪先生使用的"社会阶级"或指文化（主要指儒家文化）背景不同的"豪族"与"寒族"，或指"高门"与"寒门"（士族与庶族），它与唯物史观以一定生产体系中所处的地位不同、对生产资料的占有关系不同、在社会劳动组织中所起作用的不同来划分阶级的标准是不一样的。纵观万先生的研究，他使用的阶级分析方法显然是唯物史观的阶级分析法而不是前者。我的看法是否符合万先生的原意已不可求证，但我想学术界可以研究。

---

① 参见万绳楠整理：《陈寅恪魏晋南北朝史讲演录·前言》，黄山书社，1987年，第2页。

（二）秉持创新思考的精神

治学贵在创新。万先生学术研究的一个突出特点就是始终秉持创新思考的精神，从不人云亦云。在《魏晋南北朝史论稿》的"前言"中他讲到该书的三个宗旨：一是努力运用马克思主义的立场、观点、方法，研究这段历史，力求得到一个接近科学的解释。二是对这段历史中尚未解决的问题，进行探讨。三是各章各节概以论为主，提出个人的看法，力求言之有理、有据。不重复众所熟知的东西，不作如同教材一类的叙述，并保持一个较为完整的系统，以窥全豹，故也不同于论集。这也可以说是体例上的一个"创新"吧。①可见先生的这部书，除了理论上他使用了"运用"一词之外，其他都是在追求"个人的看法""不重复众所熟知的东西"，甚至书稿的体例也试图"创新"。在《魏晋南北朝文化史》的"序言"中他说道："不因袭，重新思考，在科学的基础上，写出一个综合性的、能反映出时代精神的新文化史，是我写这本书时，对自己所作的要求。"②创新需要一定的方法，先生一生谈治学方法的文章不多，《史学方法新思考》是其中少有的一篇，此文虽然极短，但却是他总结治学方法的一个缩影："要推动历史学向前发展，我感到历史研究的方法，似亦有重新考虑的必要。我深感我们的史学工作者虽然研究各有重点，但无妨去涉猎中外古今的历史；虽然以研究政治经济史为方向，但无妨去学一点文学史、宗教史、思想史。有时候一个问题的解决，有待于运用经、政、文三结合或文、史两结合的方法，以求互相发明。研究问题，列宁是主张全面占有材料，掌握一切媒介的。这确是一个好方法。"③有专攻、通古今、跨学科、求关联、文史结合、相互发明与全面占有材料，正是先生治学的基本方法。读过先生论著的人都可以感受到，他的论著从标题到文风都有自己的特点，从标题上看，每级标题的问题意识都极强，从具体问题入手，抽丝

---

① 参见万绳楠：《魏晋南北朝史论稿·前言》，安徽教育出版社，1983年，第1页。

② 万绳楠：《魏晋南北朝文化史·序言》，黄山书社，1989年，第3页。

③ 万绳楠：《史学方法新思考》，《社会科学家》1989年第4期。

剥茧，层层深入；从文风看，语言洗练干净，抓住问题直奔主题，不绕弯子。这种治学精神，使先生的论著以解决历史问题作为基本出发点，以深厚的史学素养和理论素养洞察历史变化，在众多领域取得了很多创新性认识。限于篇幅，我不再一一例举。

（三）充满时代进步的气息

如何处理历史与现实的关系是古往今来史学家都要面临的问题，往往也要对他们的史学研究产生一定的影响。万先生是一位经历了民国时期、新中国建立直至改革开放后的史学家，长期活跃在新中国的史坛和教坛上。在近50年的革命、教学和研究生涯里，他坚持马克思主义立场，立足现实，以辩证唯物主义和历史唯物主义的观点观察分析历史，使他的研究充满着时代进步的气息。首先，对封建君主专制制度的深刻批判。新中国的建立推翻了压在中国人民头上的帝国主义、封建主义、官僚资本主义三座大山，但影响中国两千多年的封建主义思想在人们的脑海中并不容易消除，对封建主义特别是其总代表君主专制制度的批判，是史学界的重要任务。先生的史学论著中，对封建专制制度的揭示和批判是深刻无情的。在《嵇康新论》一文中，先生指出君主专制制度的最大特点就是"宰割天下，以奉其私"，嵇康主张"以天下为公"，反对"割天下以自私"，抨击君权，把这当作一切祸害的总根，具有民主进步意义的色彩。[①]君主专制还是一切政治动荡的总根源，先生运用马克思主义观点阐释了中国古代君权产生的政治和经济基础，指出我国君主专制制度是建立在自由农的小块土地所有制和地主的土地所有制基础之上的。这个基础很牢固。但君主专制又表现为个人和"行政权力支配社会"。"当皇帝和封建官僚机构是强有力的时候，或者说个人和行政权力能够真正支配社会的时候，国家尚能保持稳定或苟安；但当皇帝昏庸，官僚机构又转动不灵的时候，那就必然要变乱丛生。"[②]西晋的八王之乱不是分封制度造成的，其内在的或最后的原因，

---

① 参见万绳楠:《嵇康新论》,《江淮论坛》1979年第1期。

② 万绳楠:《魏晋南北朝史论稿》,安徽教育出版社,1983年,第121页。

应当从君主专制制度本身去找。①这一论断改变了过去只从分封角度去看八王之乱的窠臼，令人耳目一新。除了嵇康外，先生还高度肯定了魏晋南北朝时期鲍敬言、陶潜反君主专制的思想。先生指出，产生于两晋之交的鲍敬言的无君无司论，是世界上最早的无政府主义论，鲍敬言看出了"有君"是一切祸害的总根源，看清了"君权神授"的谎言，要求把皇帝连同国家机器一起废掉。君主专制是封建政治制度的骨髓，在我国中古时代，产生这样一种有君有司为害，无君无司为利的思想，无疑是封建长夜中出现的一颗明星。先生认为，陶潜所理想的世界，是一个无君长，无官吏的世界。②"《桃花源诗并记》表现的陶潜思想，可用一言以蔽之——反对君主专制主义及其所维护的封建制度。"③其次，对儒家专制思想的尖锐批判。自汉武帝独尊儒术，以纲常思想为核心的封建儒学与天、神相结合，严重束缚了人们的思想。基于这一认识，先生在其论著中对儒家思想阻碍历史的进步予以深刻揭露，对历史上批判儒家思想、突破儒家思想束缚的种种行为给予高度评价。在评价汉代选举制度中的重"德"因素时，先生指出："而所谓德，是和神学结合在一起的、标榜王道三纲来源于天的儒学。这种儒学，是统治阶级加在人们思想上的桎梏，是图抹在选举制度上的神光。"④君为臣纲是儒学理论的核心，是封建专制主义的灵魂。先生高度赞赏嵇康，也正是从他猛烈地反对儒教、在反对"割天下以自私"的斗争中，形成了他"以天下为公"的带有民主性的政治思想角度出发的。先生在《对文化史研究的思考》一文中认为，魏晋南北朝时代是各科文化蓬勃发展的时代，把汉朝远远抛在后头，其中的重要原因就是这个时期专制主义的削弱和儒学独尊地位的跌落。⑤在《魏晋南北朝文化史》"序言"中

---

① 参见万绳楠：《魏晋南北朝史论稿》第六章第四节"八王之乱"，安徽教育出版社，1983年，第119—123页。

② 参见万绳楠：《魏晋南北朝文化史》第三章第三节"反对封建君主专制主义的思想闪光(嵇康、鲍敬言与陶潜)"，黄山书社，1989年，第81—88页。

③ 万绳楠：《魏晋南北朝文化史》，黄山书社，1989年，第87页。

④ 万绳楠：《魏晋南北朝史论稿》，安徽教育出版社，1983年，第23页。

⑤ 万绳楠：《对文化史研究的思考》，《文史哲》1993年第3期。

先生更明确指出：孔孟之道"并不能代表我国的文化传统。不但不能代表，儒家的三纲五常之教一旦被突破，我国文化便将以澎湃之势向前发展。在文化领域，无疑始终存在着以儒术为代表的封建专制文化与进步的、民主的、科学的文化的斗争"①。先生对儒家思想的批判是要区别古代文化遗产中民主性和革命性的东西，是要剔除其封建性的糟粕，吸收其民主性的精华，是要肃清"四人帮"的流毒，扫除两千多年来地主阶级所散布的封建儒学思想的影响，这正是先生史学思想与时代同呼吸的精神所在。需要看到的是，先生所批判的是儒学中的三纲五常、君权神授等腐朽糟粕，并不是一股脑否定儒学的文化价值。比如先生高度肯定各少数民族政权崇尚儒学、学习传播儒家文化的历史价值，如后秦姚兴大力提倡儒学和佛教"对封建文化和佛教文化的传播，是起了作用的。而这却是一个羌人做出的贡献"②。第三，始终站在人民的立场。万先生批判君主专制和儒学中的封建糟粕，目的都是为了人民，这是他群众史观在历史研究中的具体表现。对一种思想、一种政策、一种制度，一个人物、一个集团的评价，就是要看是否有利于人民，有利于历史的进步。先生指出，东汉的外戚尤其是宦官的统治，给人民带来了巨大的灾难，曹操维护和发展小块土地所有制的政策就是有利于人民的，曹操统一北方是有利于人民的，孙吴对待山越的政策是不利于人民的，是应当否定的，西晋士族地主的腐朽统治和军阀混战是人民大流亡的根本原因，各族人民是推动民族融合的力量，氐族人民对祖国历史发展作出了成绩，《孔雀东南飞》充分体现了我国人民运用文学形式反对封建压迫的优良传统，《吴歌》《西曲歌》形象地反映出劳动人民的情操，孝文帝推行汉化政策使黄河流域的人民生活比较安定，凡此等等，在先生的论著中随处可见，是先生一切皆以人民群众为中心的历史观的生动体现。

先生离开我们近三十年了，今天的魏晋南北朝史研究较三十年前无论在史料的扩展、理论方法的更新、研究视角的转化等方面都发生了很大变

---

① 万绳楠：《魏晋南北朝文化史·序言》，黄山书社，1989年，第2页。
② 万绳楠：《魏晋南北朝史论稿》，安徽教育出版社，1983年，第181页。

化，但是我想，以唯物史观作为历史研究的指导思想没有变，实事求是的史学方法没有变，史学为人民服务的经世致用精神没有变。《全集》是先生给我们留下的丰富史学遗产，它一定会、也能够会为新时代中国史学"三大体系"的构建发挥重要作用，也一定会深深慰藉先生的在天之灵。

最后，作为先生的学生，我代表各位师姐师兄师弟，向安徽师范大学历史学院表示深深敬意！向安徽师范大学出版社表示深深谢意！向所有为《全集》出版付出辛勤劳动的各位同志及万先生的亲属、向长期以来关心万绳楠先生的各位同志表示衷心的感谢！

（作者系中国社会科学院古代史研究所所长、研究员）

万绳楠先生的学术成就与治学特色

庄华峰

2023年11月是我国著名历史学家万绳楠先生诞辰一百周年，回忆跟随先生攻读历史学硕士学位、有幸忝列门墙至今已有36个年头，翻阅案头珍藏先生的几部经典著作，顿时百感交集。在感慨先生的论著论证严谨、考述精致、新见迭出之余，也感觉学界对于先生学术成就、治学精神和治学方法的研究尚属滞后，至今鲜见有这方面的成果问世。鉴于此，笔者谨就自己所知，对先生的治学道路、学术成就及其治学特色作一论述，以期对后学有所启迪，同时也借此表达我对先生的崇敬和缅怀之情。

一、风雨兼程：万绳楠先生的治学道路

了解万绳楠先生的人都知道，他的一生充满坎坷，尤其是其前半生苦难总是与他如影相随。先生是江西南昌人，1923年11月出生于一个国文教员家庭，兄弟姐妹4人，4岁时母亲离世，12岁时父亲又撒手人寰。两个哥哥在抗日战争初期当了兵，妹妹也迫于生活压力给人家当了童养媳。先生自己则几乎沦为孤儿。悲凄的家庭命运铸就了先生坚毅的品格，正是这种优良的品格使先生在数十年的风雨历程中踔厉奋发，勇毅前行。

先生天资聪颖，七八岁就开始读《论语》《孟子》《中庸》等书，进入小学、中学后，又广泛阅读其他一些经、史、子、集方面的典籍。还阅读

了包括《诗经》《左传》《庄子》《楚辞》等在内的古典文学作品。先生读书有两个习惯，对于一般图书泛泛浏览即可，而对于重要书籍或文章则反复精读，甚至将其背诵下来，由此锻炼出超强的记忆力。他给学生授课，常常征引大量史料来论证自己的观点，他对史籍十分熟悉，往往达到了信手拈来、如数家珍的程度。他说，这都得益于平时的知识积累。他常跟自己的研究生说，他做学问的一条重要经验是"熟读深思"。他说："旧书不厌百回读，熟读深思子自知。"对于一些重要的书，必须反复阅读，最好能把书中精要的部分背诵下来，使其成为自己的东西，这样，在思考问题时，就能够信手拈来，运用自如。

先生在少年时代所经受的这些训练，为其以后的学术研究奠定了扎实的基础。他不止一次这样谆谆告诫学生说："基础材料如果没有弄清楚，就及早微言大义，肯定不会得出科学的结论。"所以他一直主张做学问要从基础工作做起，要靠日积月累，而积累知识的一种有效途径就是要善于做读书卡片。他曾说："卡片一万张，学问涨一丈。"

由于先生基础扎实，加之学习勤奋，他成为学校的尖子生。读初中时，先生因成绩优异被南昌二中将其姓名刻入石碑；高中时，先生的论文获得过政府奖励，被全班同学传读。1942年，由于成绩优异，先生同时被西南联大历史系、交通大学电机系和浙江大学土木工程系录取。由于家庭经济拮据，先生上了三所学校中助学金较为丰厚的西南联大历史系读书。西南联大，这所"抗战"时由清华大学、北京大学和南开大学合并的集北国学者精英的特殊高校，对先生有着极大的吸引力。先生没有想到，他将在这里与吴晗、陈寅恪这两位著名历史学家相遇、相知，更不会想到他们俩为自己种下一生的因果。在本科学习阶段，先生过人的禀赋和治史才华博得陈寅恪的赏识。四年后，先生如愿考取清华大学历史研究所研究生，师从陈寅恪先生治魏晋南北朝史和隋唐史。陈寅恪被后世称为"教授中的教授"，有幸成为陈寅恪先生的关门弟子，对于当时还是一个青葱小伙的先生而言是一件多么幸运的事情。三年的研究生学习，先生打下了坚实的基础，特别是陈寅恪先生的治学方法和治学精神对先生产生了极大影响。

先生曾在其整理的《陈寅恪魏晋南北朝史讲演录》一书"前言"中说：

> 陈老师（按：指陈寅恪）的学问博大精深，兼解十余种语言文字，为国内外所熟知，无待我来讲。我当年感觉最深的是，陈老师治学，能将文、史、哲、古今、中外结合起来研究，互相发明，因而能不断提出新问题，新见解，新发现。而每一个新见解，新发现，都有众多的史料作根据，科学性、说服力很强。因此，陈老师能不断地把史学推向前进。那时我便想如果能把陈老师这种治学方法学到手上，也是得益不浅的，更不消说学问了。①

在课堂上，先生也曾对研究生如是说："我的老师陈寅恪先生有'三不讲'，就是书上有的不讲，别人讲过的不讲，自己讲过的不讲。我想这里的'三不讲'，是不讲而讲，不重复既有，发前人所未发，成自家独创之言。老师的'三不讲'是我的座右铭，无论是讲课还是搞研究，我都力求有新的东西呈现。"可见，对于老师的治学方法，先生是拳拳服膺，并身体力行的。

1948年12月上旬，东北野战军包围了平津一线国民党的50万大军，12月15日，清华园一带已解放。先生受"学运"思潮影响很深，这时，他和无数要求进步的学生一起，穿上军装参加了东北野战军。一向持"独立自由精神"思想的陈寅恪了解到先生这一举动后，大为恼怒，要不是师母唐筼的再三劝说，险些与先生断绝师生关系。我想，先生并非要忤逆老师的尊严，他的所作所为，实质上是在诠释着"我爱我师，我更爱真理"的深刻内涵。

1960年，先生从北京来到安徽，先后执教于安徽大学、合肥师范学院历史系。自此，先生一边给学生讲课，一边研究魏晋南北朝史，每有心得，写成文章，在报刊上发表。此时，先生已在史学界崭露头角。这段时

---

① 万绳楠整理：《陈寅恪魏晋南北朝史讲演录·前言》，黄山书社，1987年，第1页。

间里，他发表了《关于曹操在历史上的地位问题》（《新史学通讯》1956年第6期）、《关于南宋初年的抗金斗争》（《新史学通讯》1956年第9期）、《魏晋南北朝时代的思想主流是什么》（《史学月刊》1957年第8期）、《论隋炀帝》（《史学月刊》1959年第9期）等文章。这些文章多发前人之所未发，彰显出很高的学术造诣和敏锐的学术眼光。如1959年初，学术界曾经掀起过一场为曹操翻案的运动，郭沫若、翦伯赞等历史学家纷纷撰文替曹操翻案。而先生早在1956年就发表了《关于曹操在历史上的地位问题》一文，对曹操在历史上的地位予以肯定，认为他对我国历史所起的推动作用比破坏作用要大。用今天的眼光看先生的观点几乎是"常识"，但在当时确属"惊世骇俗"的见解。先生的观点在史学界引起很大的反响。从1961年到1965年的几年间，先生发表了《从南北朝社会经济与政治的差异看南北门阀》（《安徽大学学报》1963年第1期）、《六朝时代江南的开发问题》（《历史教学》1963年第3期）、《曹魏政治派别的分野及其升降》（《历史教学》1964年第1期）、《"太平道"与"五斗米道"》（《历史教学》1964年第6期）、《魏末北镇暴动是阶级斗争还是统治阶级内部的斗争》（《史学月刊》1964年第9期）、《南朝时代江南的田庄制度》（《历史教学》1965年第11期）等十多篇文章。这些文章视角新颖，考订精审，为学界所重视。李凭先生充分肯定了万先生对学术研究的贡献，指出："他一直远离学术研究的中心，却独立地作出过大量的深入的研究，是值得我们纪念的。"①诚哉斯言。

先生从北京来到合肥后，吴晗邀请先生为其主编的《中国历史小丛书》写几本小册子，很快，先生撰写的《文成公主》《冼夫人》《隋末农民战争》等相继而成，在安徽，先生与吴晗的师生关系因此被许多人知晓。恰因如此，先生在"文革"中受到牵连，全国批"三家村"，安徽批万绳楠，先生成为安徽"文革"初期第一个被全省批判的"反动学术权威"。1966年6月3日省内一家大报发文批判先生，指责他是"吴晗的忠实门徒，

---

① 李凭：《曹操形象的变化》，《安徽史学》2011年第2期。

'三家村'的黑闯将"。1971年,先生被下放到淮北利辛县农村。在那里,先生经受了精神与肉体上的双重折磨,罚沉重劳役,险些丧生。

面对如此险恶的环境,先生仍不忘初心,一有闲暇时间,就埋头看书、做学问。虽身处逆境,仍心系天下,忧国忧民,并敢于针砭时弊,彰显出一个正直知识分子敢说真话的赤诚之心。

阳光总在风雨后。随着十年"文革"梦魇的终结,先生获得彻底平反,重新回到他魂牵梦绕的大学校园,随合肥师范学院历史系整体搬回位于芜湖市的安徽师范大学历史系任教,找回了一度失落的书桌和讲坛。当时,先生现身说法告诫他的研究生们:"人要有一点奋斗精神。对我来说,被耽误的时间实在是太多了,我要用有生之年,为教育事业多做些有意义的工作。"他在实践中践行着自己的诺言。先生重返校园时虽已年近花甲之年,但他仍然牢记使命,壮心不已,一面教书育人,一面笔耕不息,在学术上更臻新境。自20世纪80年代已降,先生先后发表《东晋的镇之以静政策和淝水之战的胜利》(《江淮论坛》1980年第4、5期)、《安徽在先秦历史上的地位》(《安徽史学》1984年第4期)、《廓清曹操少年时代的迷雾》(《安徽师大学报(哲学社会科学版)》1988年第2期)、《江东侨郡县的建立与经济的开发》(《中国史研究》1992年第3期)、《略谈玄学的产生、派别与影响》(《孔子研究》1994年第3期)、《武则天与进士新阶层》(《中国史研究》1994年第3期)等40多篇文章,这些文章或被转载,或被引用,在学界产生很大反响。同时,在这一阶段,先生还出版了5部著作,即《魏晋南北朝史论稿》(安徽教育出版社,1983年)、《文天祥传》(河南人民出版社,1985年)、《陈寅恪魏晋南北朝史讲演录》(黄山书社,1987年)、《魏晋南北朝文化史》(黄山书社,1989年)、《中国长江流域开发史》(黄山书社,1997年)。5部著作总计150余万字,几乎是每两年推出一部专著,而且在大陆和台湾同时出版。先生治学具有不因陈说、锐意创新的特点,因此他的论著阐幽发覆,多有创见,获得一致好评。如对于《魏晋南北朝史论稿》一书,著名历史学家周一良先生指出:"本书读起来确实多少给人以清新之感。"①《魏晋南北朝文化史》出版后，有学者指出："万著以扎实的文献材料、考古材料为基础，提出许多创见"，是"一部反映出时代精神的新文化史"②。《陈寅恪魏晋南北朝史讲演录》一书是陈寅恪1947—1948年在清华大学开设"魏晋南北朝史研究"的课程讲义，由先生根据其听课笔记整理而成。陈寅恪著作甚富，但在其已出版的著述中，尚无系统的断代史之作，本书的出版能补陈书之阙，因而被誉为"稀世之珍"。卞僧慧先生评价道：本书"由万教授精心整理，厥功甚伟，至可珍惜"③。先生也因其非凡的学术成就，成为史学界公认的魏晋南北朝史研究大家，被誉为魏晋南北朝研究领域的"四小名旦"之一。④

1995年底，万先生因积劳成疾住进医院，接受治疗。在病床上，他仍为《今注本廿四史》笔耕不辍。在弥留之际，他还念念不忘自己的导师，他用颤抖的手作七律一首《怀念陈寅恪先师》："忆昔幽燕求学时，清华何幸得良师。南天雪影说三国，满耳蝉声听杜诗。庭户为穿情切切，烛花挑尽夜迟迟。依稀梦笑今犹在，独占春风第一枝。"1996年9月30日，先生带着对教育事业的无限眷恋匆匆地告别了人世。已故北京师范大学著名教授黎虎先生在唁电中说："万绳楠先生学术上正达炉火纯青境界，他还可以做出更多更辉煌的成就。先生的学问和道德堪称楷模。他走了，真是太可惜了！"

万先生一生致力于教学和科研工作，取得了丰硕的研究成果，培养了大批优秀人才，他曾于1984年被评为"安徽省劳动模范"，第二年又获全国"五一劳动奖章"和"全国优秀教育工作者"光荣称号。

---

① 周一良：《评介三部魏晋南北朝史著作》，《北京大学学报（哲学社会科学版）》1985年第2期。

② 彦雨：《一部反映出时代精神的新文化史——评万绳楠教授的〈魏晋南北朝文化史〉》，《安徽史学》1991年第1期。

③ 卞僧慧：《陈寅恪先生年谱长编（初稿）》，中华书局，2010年，第245页。

④ 在魏晋南北朝史研究领域，有"四大名旦""四小名旦"之称誉，前者指唐长孺、周一良、王仲荦、何兹全，后者指田余庆、韩国磐、高敏、万绳楠。参见刁培俊、韩能跃：《探索中国古史的深层底蕴——高敏先生访谈录》，《史学月刊》2004年第2期。

二、孤明独发:万绳楠先生的学术成就

万先生从事史学研究近50载,一直致力于中国古代史的教学与研究,发表论文80多篇,出版著作多部,为我国的史学发展做出了突出贡献。先生精于魏晋南北朝史研究,同时在中国古代史其他领域也取得了丰硕的成果。综合起来看,先生的学术成就主要表现在以下几个方面:

(一)魏晋南北朝史研究成就

万先生在魏晋南北朝史研究领域著作等身,成就卓然,限于篇幅,难以悉数呈现,这里仅就其最具代表性的成果略作评述。

1.曹魏政治派别研究。六十多年前,陈寅恪先生在《书世说新语文学类钟会撰四本论始毕条后》一文中说:"魏为东汉内廷阉宦阶级之代表,晋则外廷士大夫阶级之代表,故魏、晋之兴亡递嬗乃东汉晚年两统治阶级之竞争胜败问题。"[①]陈寅恪用他的阶级分析学说,阐述汉晋之际的政治变迁,指出"作为一个阶级来说,儒家豪族是与寒族出身的曹氏对立的"[②],具体到曹操本人的作为而言,就是"寒族出身的曹氏"与"儒家豪族人物如袁绍之辈相竞争"。陈寅恪的阶级分析方法很有影响,对后续相关研究具有发凡起例的意义。万先生师承陈寅恪的研究方法,把曹魏政治派别的研究向前推进了一步。他在1964年发表的《魏晋政治派别及其升降》一文中指出,曹操统治集团中有两个以地区相结合的派别,即"汝颖集团"和"谯沛集团"。汝颖集团标榜儒学,主要担任文职。谯沛集团则以武风见称,主要担任武职。在汝颖与谯沛两集团之间,有尖锐矛盾,这种矛盾到曹操晚年就逐步明晰化。高平陵事件成为曹魏政权转移的转折点,最终以

---

① 陈寅恪:《书世说新语文学类钟会撰四本论始毕条后》,《金明馆丛稿初编》,生活·读书·新知三联书店,2001年,第48页。

② 万绳楠整理:《陈寅恪魏晋南北朝史讲演录》,黄山书社,1987年,第13页。

司马师为代表的汝颍集团取得了胜利，"亡魏成晋"之势已成。①先生对政治派别研究范式的学术推进，具有重要意义。时至今日，"汝颍集团"和"谯沛集团"的概念仍被学界屡屡援引和强调。

万先生对陈寅恪阶级升降、政治集团学说的拓展主要表现在两个方面。一是在研究的时段上，陈寅恪的研究侧重分析曹魏后期曹、马之争的性质，而对曹魏中前期的政治问题则未涉及，而先生则主要论述曹魏中前期的政治史，通过对汝颍、谯沛这两个政治集团的考述，弥补了陈寅恪东汉末年士大夫和宦官斗争一直持续到西晋初年这一假说在时间链条上所缺失的一环。二是陈寅恪主要以社会阶层、文化熏习来区分曹、马两党，而先生则引入了地域这一分析维度，强调汝颍、谯沛两个政治集团的地域特征，同时揭示了汝颍多任文职、谯沛多为武人这一文武分途的特征。②

2.南朝田庄制度研究。史学界历来把汉、魏、两晋及南北朝时代的田庄主土地占有形态，看作是同一个类型。万先生则认为南朝田庄主的土地占有形态与唐朝是一个类型，和汉、魏已有不同。他认为，南朝田庄主土地占有形态的变化主要表现在以下三个方面：一是汉魏田庄主是聚族而居的，社会经济的基本单位是一个个名宗大族。直到东晋和北朝，北方仍然是"百室合户，千丁共籍"。而南方大家族在南朝已经分崩离析，个体家庭已经成为社会经济的基本单位。二是南朝在个体家庭所有制基础上形成起来的田庄或庄园，没有部曲家兵，只有农奴。凡是南朝史料中所见的部曲，都是国家的兵。南朝部曲家兵随着宗族组织的解散而解散，是一个自然的普遍的现象。三是南朝田庄是地主阶级个体家庭的庄园，它实行农业、手工业和商业等多种经营，雇佣和租佃都已在南朝出现。这是一种进步。③先生指出，南朝田庄制度的变革，是中古土地制度的一个重大变

① 万绳楠：《曹魏政治派别的分野及其升降》，《历史教学》1964年第1期；万绳楠：《魏晋南北朝史论稿》，安徽教育出版社，1983年，第78—92页。

② 参见仇鹿鸣：《魏晋之际的政治权力与家族网络》，上海古籍出版社，2015年，第3页。

③ 万绳楠：《魏晋南北朝史论稿》，安徽教育出版社，1983年，第208—217页。

化。①先生的这些观点发人之所未发，得到学界的充分肯定。有学者指出：
"《论稿》关于南朝田庄制度的变革之说，是近几年来，在土地制度研究
上作了一次值得重视的探讨。这可能影响到对南北朝以及隋唐社会历史的
认识。"②先生所撰《南朝田庄制度的变革》一文也被1981年版《中国历史
学年鉴》作为重点文章予以推介。③

3.东晋黄白籍研究。一直以来，学界对于东晋土断后黄、白籍的关系
问题都存有不同的看法，有的学者认为户籍的黄白之分即士庶之别，更多
的学者又认为土断是改黄籍为白籍。万先生不同意这些看法。他认为，黄
籍是两晋南朝包括士族和庶民在内的编户齐家的统一的户籍，白籍则是在
特定时期产生的、旨在安置侨民的临时户籍。由此可知白籍是"侨籍"。
持白籍的不交税，不服役。而咸和二年（327）土断整理出来的"晋籍"
是黄籍，是征发税收徭役的依据。持白籍的侨人，一经土断，白籍就变成
了黄籍，编入当地闾伍之中，按照规定纳税服役。那么，史学界为何普遍
认为土断是改黄籍为白籍呢？先生认为这种颠倒来自胡三省。胡三省在
《资治通鉴》中，为成帝咸康七年（341）的令文"实编户，王公已下皆正
土断白籍"做注时误解其意，以为此令意为土断后将南迁的王公庶人著之
白籍，学者据此便认为土断是将黄籍改为白籍了。先生认为此令的重点在
于"实"字，即查验编户的户籍是否皆为黄籍。这说明胡三省对黄、白籍
并未研究过。④

万先生关于黄白籍的论说不仅博得国内史学界的首肯，还蜚声海外，
受到国外史学界的关注。1980年5月，先生接受了美国华盛顿大学历史学

---

① 万绳楠：《南朝田庄制度的变革》，《安徽师大学报（哲学社会科学版）》1980年
第2期。

② 卞恩才：《一部勇于创新的断代史专著——读〈魏晋南北朝史论稿〉》，《安徽史学》
1984年第3期。

③《中国历史学年鉴》，人民出版社，1981年，第30—31页。

④ 万绳楠：《论黄白籍、土断及其有关问题》，载《魏晋南北朝史研究》，四川社会科学
院出版社，1986年；万绳楠：《魏晋南北朝史论稿》，安徽教育出版社，1983年，第157—
161页。

博士孔为廉的慕名专访，先生如数家珍地解答了孔博士提出的东晋南朝的土断与黄、白籍的关系问题。孔博士指出，日本和中国学者对此问题有不同的意见，日本学者认为黄、白籍为贵贱之别；中国学者认为侨人包括贵族在内，经过土断，纳入白籍。万先生根据自己深入的研究，认为白籍为侨籍，黄籍为土著户籍，土断变侨民为土著，变白籍为黄籍，变不纳税服役户为纳税服役户，并回答了以往中日学者何以出错的原因。孔博士十分信服地接受了先生的学术观点，激动地说："万先生的回答不仅为我本人，而且也为我的美国同行解决了一个历史疑难问题，我不虚此行！"

4.魏晋南北朝民族问题研究。魏晋南北朝时期的民族大融合给中国历史带来长久而深远的变化，并直接为隋唐大一统和经济文化的高度繁荣奠定了基础。恰因如此，大凡治魏晋南北朝史者，都会关注这一时期的民族问题。万先生也不例外。他在这方面的成果主要体现在其力作《魏晋南北朝史论稿》中。该书凡十六章，涉及民族问题的有五章（第七章、第九章、第十二章、第十三章、第十四章），足见先生对民族问题用力之勤。在论及"五胡十六国"历史时，先生强调，各民族要求和平、友好、融合，是一种历史发展趋势。尽管历史有曲折，不过这种曲折不是倒退，而是历史的更高一级的循环。基于这样的认知，先生考察了五胡各国政权的政策。他一方面阐明早期有像匈奴刘氏、羯胡石氏那样采取依靠"国人"武力，背离民族融合大势的举措，同时又指出前燕鲜卑慕容氏凭借汉人和魏晋旧法，消除民族之间的冲突与隔阂，顺应了民族融合的发展趋势。先生指出，在民族问题上，苻坚一反西晋以来民族压迫的弊政，采取了"魏降和戎之术"，这一政策，是永嘉以来，在民族融合的道路上，迈出的极可贵的一步。苻坚的政治眼光，较西晋以来各族统治者为远。在论及淝水战后后秦等政权时，先生也多从它们在民族融合方面所发挥的作用这个角度讨论。在论及"淝水战后北方各族的斗争、进步与融合"问题时，先生这样写道："淝水战后，是北方分裂得最细但也是各少数民族与汉族接触最频繁的时代。透过这一时期各族斗争纷纭复杂的现象，我们可以看到，在北魏统一北方之前，进入中原的各族，都在这一时期与汉族融合。"因此可以说:"这一百三十六年(指304年到439年)是北方各个少数民族获得进步之年,与汉族自然同化之年,各族大融合之年,我国这个多民族的国家获得发展之年。"①著名历史学家周一良先生对万先生的这一看法予以肯定,指出:"作者这样的估计是不为过分的。"②

5.魏晋南北朝南方经济发展研究。万先生充分肯定魏晋南北朝四百年历史的进步性,其中包括充分认识到这一时期生产力的发展,特别是南方经济的开发和社会的进步,这一认识集中体现在其代表作《魏晋南北朝史论稿》和相关论文中,并在学界产生了很大的反响。

万先生对于此时期南方经济开发的研究,有一个鲜明的特色,即注意揭示政治、经济政策对于经济发展的影响。如先生在论述江左政权对待侨民的政策时指出:"建置在丹阳江乘县与毗陵丹徒、武进二县即建置在自今南京东至无锡沿江一线所有的侨郡县中的侨民,在咸和二年第一次土断前,凭所持白籍与政策规定,都曾免除税役多则十一年,少则以太宁元年(323)计算也有五年。这对江东自建康以东至无锡一线侨郡县的开发,无疑是有益的。"③在讨论南朝经济政策的变化与江南的开发问题时,先生坚持"促进江南普遍获得开发的重大因素,是南朝田庄制度的变革,经济政策的变化,生产关系的改造"④的基本判断,指出"占山格"的颁布,第一次以法律的形式肯定了山林川泽的私人占有,是汉末以来南方大土地所有制的一个重大发展;以"三调"为形式的财产税(赀税)的出现,对无财产或少财产的人来说,减轻了负担,提高了他们从事生产的积极性;而营造工人"皆资雇借",不再是征发而来,是役法上的一个重大进步,这对农业和民间手工业的发展,大有好处。⑤先生同时指出,江东政治的发展,与六朝江南经济开发次第,是相适应的。这表明一点,那就是政治与

---

① 万绳楠:《魏晋南北朝史论稿》,安徽教育出版社,1983年,第188页。

② 周一良:《评介三部魏晋南北朝史著作》,《北京大学学报(哲学社会科学版)》1985年第2期。

③ 万绳楠:《江东侨郡县的建立与经济的开发》,《中国史研究》1992年第3期。

④ 万绳楠:《魏晋南北朝史论稿》,安徽教育出版社,1983年,第223页。

⑤ 万绳楠:《魏晋南北朝史论稿》,安徽教育出版社,1983年,第218—227页。

经济是不可分割的关系。①

6.对于魏晋南北朝文化若干问题的思考。万先生对于魏晋南北朝文化的研究，用力甚勤，除了出版《魏晋南北朝文化史》一书外，还发表了系列论文，直接推动了此时期文化史的研究。"不因袭，重新思考"是先生研究魏晋南北朝文化的立足点，因而他在许多地方都提出了不少持之有据、言之成理的新论点，这是十分难得的，仅举几例说明。

先生认为孔孟之道并不能代表中国的传统文化。指出"儒家的三纲五常之教一旦被突破，我国文化便将以澎湃之势向前发展"。"在文化领域，无疑始终存在着以儒术为代表的封建专制文化与进步的、民主的、科学的文化的斗争。进步思想家嵇康以反对儒家纲常的罪名被杀；科学家祖冲之将岁差应用于历法，被指责为'违天背经'。"所以他认为研究文化史的重要任务之一，便是揭露这两种文化之间的斗争，阐发进步文化所蕴藏的生命力与发展的曲折性。②这样的论点对于我们深入研究魏晋南北朝文化史无疑具有启发意义。

先生提出了"正始之音"不同一性之说。对于魏晋玄学的分派问题，学界往往将曹魏时期何晏、王弼这两个玄学创始者的言论不加区别地都称之为"正始之音"。而先生则认为何晏和王弼虽然都祖述《老》《庄》，都标榜"无""无为"，但他们所论有本质上的区别。何晏讲圣人无情，认为无和有是相互排斥的，无和有是二元；而王弼则讲圣人有情，认为无和有不是对立的关系，无和有是一元（无生有）。因此，"正始之音应当说是两种声音，不是一种"。先生同时指出，何晏在政治上属于谯沛集团，而王弼的言论所反映的则是以司马氏为首的汝颍集团的要求。值得一提的是，先生不是孤立的研究何、王二人的玄学思想，而是把他们思想的重大差异同"九品中正制"和"四本论"联系起来加以考察，从而说明汝颍和谯沛两大集团在正始时期进入决斗之时，玄学的产生绝不是偶然的。先生把玄

---

① 万绳楠：《六朝时代江南的开发问题》，《历史教学》1963年第3期。
② 万绳楠：《魏晋南北朝文化史·序言》，黄山书社，1989年，第3页。

学思想与当时的政治风云结合起来考察，使研究得到了深化。①

先生还提出了佛教异端之说。认为"中国的佛教异端是在南北朝时代，在北方出现的。高举'新佛出世，除去旧魔'旗帜的法庆起义，揆其实质，即佛教异端的起义"。唐长孺先生在《魏晋南北朝史论拾遗》一书中，也曾提出弥勒信仰为佛教异端的看法。②在佛教异端上，万先生与唐先生同时提出同一个结论，不过万先生讨论的问题更多，他分析了佛教异端产生的佛经依据，又论述了佛教异端产生在北方而不是南方的原因。③这是研究佛教史的一项重要成果。

他如，曹魏时期的外朝台阁制度与选举制度、五斗米道与太平道的关系、"苍天已死，黄天当立，岁在甲子，天下大吉"口号的含义等问题，先生都进行了探讨，提出了颇具洞见的观点。

（二）宋史研究成就

万先生对宋史研究倾心倾力，除了发表《关于南宋初年的抗金斗争》(《新史学通讯》1956年第9期)、《关于王安石变法的几点商榷》(《安徽日报》1962年1月6日)、《宋江打方腊是难以否定的》(《光明日报》1978年12月5日)、《诗史奇观——文天祥〈集杜诗〉》(《中华魂》1996年第5期) 等多篇论文外，还于1985年推出了他的精心之作《文天祥传》。本书是作为史学传记来写的，通过文天祥的一生活动，把历史上一个兼具哲学家、政治家、文学家的民族英雄的形象，呈现在读者眼前，并借此对南宋晚期的历史，作些必要的清理工作。综观全书，有这样几个特色：一是叙述全面，内容丰赡。此前有关文天祥的著作，其篇幅都相对较小，最多的也不过13万字。而先生的著作则洋洋洒洒，有近30万字的篇幅。该书对文天祥的生平事迹，尤其是对他的政治、哲学思想和文学成就，作了富有创见的论述，不仅是文天祥传中最为丰富详实之一种，也是宋元之交的一

---

① 万绳楠：《魏晋南北朝史论稿》，安徽教育出版社，1983年，第88—89页。

② 唐长孺：《魏晋南北朝史论拾遗》，中华书局，1983年，第203页。

③ 万绳楠：《魏晋南北朝文化史》，黄山书社，1989年，第346页。

部信史或实录。二是做到传、论、考相结合。书中对以往被忽略的问题，如文天祥的哲学思想、政治思想、文学成就以及具体事迹的思想基础等，进行了论述。对以往记载有出入的问题，如文天祥究竟是哪里人，多少岁中状元，某些作品写于何时等，作了考证。对以往记载较为混乱的问题，如南宋太皇太后谢氏投降的经过，利用各种史料，进行了梳理。对事迹本身，则力求言之有据。凡此，都做到史论结合。三是提出了一些新看法。如先生认为，文天祥是在南宋内忧既迫、外患又深的年代里成长起来的。但这个时代并非南宋注定要灭亡、元朝必定要统治全中国的时代，而是黑暗中有光明。只要南宋政府改革导致社会危机和民族危机的守内虚外之法，就不会是元兵南进，而是宋旗北指。先生进一步指出，如果只看到蒙古兵南犯时所取得的局部胜利及其不可一世的嚣张气焰，那就会得出元朝必胜，南宋必亡的错误结论。而如果既能看到蒙古胜利中也有困难，也看到南宋只要"一念振刷，犹能转弱为强"，那就不仅可以理解南宋本来不会灭亡的道理，而且还可以理解文天祥所进行的斗争其意义之重大。[①]又如在论及文天祥的诗歌成就时，先生指出，文天祥的诗文，尽洗南宋卑弱、破碎、凡陋、装腔作势的文体与诗体，揭开了我国文学史的新的一页。[②]先生还强调，不应当忘记"他在南宋文坛上，振起过一代文风；不应当忘记他是我国古典作家中，现实主义文学巨匠之一"[③]。这样的新见解，都发前人所未发，言前人所未言，颇有学术价值。书中类似的新观点还能举出许多。著名宋史研究专家朱瑞熙先生对该书给予了高度评价，指出"与同类著作相比，万绳楠同志的著作别开生面，具有一些新的特色"，是"宋人传记的佳作"[④]。

---

① 万绳楠：《文天祥传》，河南人民出版社，1985年，第18页。
② 万绳楠：《文天祥传》，河南人民出版社，1985年，第346页。
③ 万绳楠：《文天祥传》，河南人民出版社，1985年，第336页。
④ 朱瑞熙：《宋人传记的佳作——评〈文天祥传〉》，《中州学刊》1986年第3期。

（三）长江流域经济开发研究

万先生的《中国长江流域开发史》一书于1997年出版，该书是原国家教委"八五"社会科学重点科研项目的结项成果，也是国家"九五"重点规划图书。全书按朝代对荆、扬、益三州的农业、工业、商业、科学技术、城市经济以及户口、赋税、生态环境等方面进行了有益探索，是我国第一部全面系统阐述长江流域开发的开创性力作，具有很高的理论意义和学术价值。该书体大思精，屡有创获。例如，对于秦始皇修驰道，学界认为其有利于商业往来，万先生在查阅《史记》后认为这与始皇封禅书"尚农除末"不符，指出"商人都被赶到南方戍守五岭去了，秦朝根本无商业（除末）。从裴骃《集解》中，我们又发现秦驰道为'天子道'，封闭式，只有始皇封禅的车子才能通行"[①]。它如关于唐朝雇佃、雇借、和市、赀税与南朝的关系的论述、关于五代时期长江流域诸国的政策与开发的关系的论述、关于宋代长江下游圩田开发与生态环境关系的论述，以及关于明清长江流域赋役制度的论述等，也都不囿于传统的观点，提出了具有较高学术价值的新见解。还值得一提的是，先生还着力揭示经济开发与文化兴盛之间的互动关系，如老庄哲学及楚辞的出现之于战国经济的发展，南方文人的涌现之于唐宋经济的开发，明清长江流域的开发与科学技术的兴盛等，都有独到分析，给人耳目一新的感觉与启迪。该书出版后，学界给予了高度评价。有学者指出，该书"是国内外第一部全面、系统研究长江流域经济开发的学术力作"，其特点有四：一、史论结合，析理深邃；二、不囿陈说，推陈出新；三、充分利用考古资料；四、注意经济开发与文化发展之间的相互关系。[②]

---

① 万绳楠、庄华峰、陈梁舟：《中国长江流域开发史·序言》，黄山书社，1997年，第2页。

② 汪姝婕：《简评〈中国长江流域开发史〉》，《光明日报》1999年8月13日。

（四）学术普及工作

让学术走向大众，用通俗易懂的方式向人民传播优秀的历史文化，这是当代哲学社会科学界专家学者的神圣使命。在这方面，万先生为我们树立了榜样。先生不是一位象牙塔里的专业研究者，只会写高头讲章和专业论文，而是在从事学术研究的同时，十分关注学术普及工作，写了许多深入浅出、通俗易懂的图书与文章，为历史学走向大众做出了较大贡献。这也彰显了先生"经世致用"的治学理念。

20世纪五六十年代，由于当时以青少年为主要阅读对象的历史知识普及性优秀读物很少，于是以吴晗为首的一批学者组织编写了《中国历史小丛书》，万先生受邀为小丛书撰写了《文天祥》《文成公主》《隋末农民战争》几本小册子；20世纪80年代初，吴晗主编的"中国历史小丛书"恢复出版时，先生又为丛书撰写了《冼夫人》。1981年先生又出版《安徽史话》（合著）一书。先生撰写的这几册书虽是"史话"体例，具有普及推广的性质，却不乏学术性和思想性，加上文风活泼，内容生动，所以备受读者青睐。时至今日，几十年过去了，这几本小书并未过时，仍是值得一读的优秀通俗读物。

我们注意到，万先生撰写的通俗性文章，大多是其学术研究的拓展和延伸，并用通俗化的方式将其呈现出来。比如，《鲍敬言：横迈时空的预言家》一文，先生写了东晋时期鲍敬言与葛洪在栖霞山上的几次争论，其中的一次论辩先生是这样描述的："鲍、葛二人攀上了栖霞山巅。山巅风光吸引了鲍敬言，他游目四望，发出了一声慨叹：'江山谁作主，花鸟自迎春。'葛洪眼光一闪，似乎抓到了机会，应声道：'江山君为主，临民有百官。'鲍敬言也不看葛洪，只是一连摇头道：'不行，不行，不行。有君不如无君，有司不如无司……''无君无臣，天下岂不是要大乱？''不会的，先生。'鲍敬言眼里出现了异彩。'上古之世，无君无臣，民自为主，穿井而饮，耕田而食，日出而作，日入而息……势利不萌，祸乱不作，干戈不用，城池不设……但闻天下大治，不闻天下大乱。'葛洪闻言含笑道：

'老弟才高八斗，出口成章。上古之世，无君无臣，民自为主，祸乱不作，诚如弟言。但当今之世，却不可无君无臣，道理何在？老弟自明。'鲍敬言笑道：'晚生并未说现在就要把君臣废掉，但君臣必废，时间或迟或早而已。'葛洪正色道：'天不变，道亦不变。君臣之道，现在不会废，将来也不会废。'鲍敬言哂道：'先生又说天道了。晚生读百家之言，察阴阳之变，以为天地之间，但有阴阳二气。二气化生万物，决定万物的属性。万物各依其性，各附所安，乐阳则云飞，好阴则川处，无尊无卑。若论天道明阳，反足可证天地之间，本无君臣上下。君臣现在虽然存在，可以预言，将来必归于无有。一旦君臣都被取消，太平世界立可出现。''老弟思路何至于此！这是叛逆思想，太危险了！'葛洪叹惜道。'哈！哈！哈！哈！哈！'鲍敬言站在山头，向着苍穹大笑。"[1]又如，在《萧墙祸——侯景之乱》一文中，先生这样描写江南的繁荣景象："秦淮河的北边有大市场一百多个。连接秦淮河南北两岸的浮桥——朱雀桁，每天天明通桁，过桥的人熙熙攘攘。商人挑着与推着商品，付了过桥税，也就可以把他们的商品运到秦淮河北岸的大小市场中去卖掉。市场里有官员，对每个商人的商品进行估价与征税。商税是梁朝朝廷的大宗收入。江南腹地经济也有起色。永嘉（今浙江温州市）成了闽中与会稽郡（今浙江绍兴市）海上交通的要埠与货物集散的中心。抚河流域的临川（今江西抚州市）成了一个新的粮仓，家家有剩余……江南变得很美。文学家写道：'暮春三月，江南草长，杂花生树，群莺乱飞。'年轻的姑娘们唱道：'朝日照北林，春花锦绣色。谁能不春思，独在机中织？'照这样下去，经济还会有发展，江南还会变得更美。可是，梁武帝老了，八十五岁了，活在世上的日子不多了，他的儿孙正在酝酿着一场争夺皇位的斗争。侯景之乱，成了这场斗争的导火索。自侯景乱起，在南方，历史的车轮突然逆转。"[2]在这里，先生

---

① 万绳楠：《鲍敬言：横迈时空的预言家》，载范炯主编：《伟人的困惑：古中国思想者卷》，辽宁人民出版社，1992年，第145—146页。

② 万绳楠：《萧墙祸——侯景之乱》，载范振国等撰：《历史的顿挫：古中国的悲剧·事变卷》，中州古籍出版社，1989年，第81—82页。

用准确简洁、引人入胜的文字，把从来是枯燥难读、只为业内人士独自享用的"史学"，变成通俗的"讲历史"，将点滴菁华烩成众多人可以分享的精神食粮，其意义自不待言。

值得一提的是，万先生在安徽区域历史的普及方面也做出了不俗的成绩。从20世纪80年代以降，先生先后发表了《"江左第一"的音乐家桓伊》（《艺谭》1981年第3期）、《睢、涣之间出文章》（《安徽日报通讯》1981年8月）、《夏朝的建立与安徽》（《安徽师大报》1981年12月16日）、《安徽是商朝的发祥地》（《安徽师大报》1982年2月22日）、《淮夷——安徽古代的重要民族》（《安徽师大报》1982年4月8日）、《安徽是相对论的故乡》（《安徽师大报》1982年6月3日）、《秦末起义与安徽》（《安徽师大报》1982年9月6日）等二十多篇文章。先生的这些文章深入浅出，兼具趣味性和叙事性，既具有深厚的学术底蕴，又充实丰富了相关问题，同时也为宣传安徽，增强安徽文化软实力做出了贡献。

三、沾溉学林：万绳楠先生的治学特色

万先生近50载甘之如饴地奉献着自己的学术智慧，积累了丰厚的治史思想和治学方法，沾被后学良多，厥功甚伟。其治学特色，概而言之，约有五端。

（一）注重运用阶级分析方法

万先生在魏晋南北朝史研究中十分注重阶级的分析，如对于孙恩起兵，先生引用《晋书》卷六十四《会稽文孝王道子传附子元显传》所记，指出司马元显"又发东土诸郡免奴为客者，号曰'乐属'，移置京师，以充兵役"，结果"东土嚣然，人不堪命，天下苦之矣，既而孙恩乘衅作乱"。对照《晋书》卷七十七《何充传》所记庾翼曾"悉发江、荆二州编户奴以充兵役，士、庶嗷然"，先生认为，司马元显征发东土诸郡免奴为"客"者当兵，这样便大大地影响到了士庶地主的利益。"所谓'东土嚣

然'与骚动，十分明白，是士庶地主的不满，与庾翼发奴为兵，引起'士、庶嗷然'正同。"所以，先生得出结论说：（孙恩起兵）"不是农民起义，而是一次五斗米道上层士族地主利用宗教发动的、维护本身利益的反晋暴动。就阶级属性来说，是东晋淝水战后，统治阶级内部斗争的继续与扩大。"①

在讨论六镇起兵的性质时，先生也从对领导人的阶级分析出发，提出自己新的看法。他指出，"分析六镇起兵性质时，必须分析镇人中的阶级性"。他认为破六韩拔陵的起兵，"应看到它是由地位降低了的镇民发动的，且有铁勒部人参加，有起义的意义"。而后期葛荣的斗争，性质有了变化，"葛荣部下将领概非镇兵，而全是北镇上层人物"。先生认为，"六镇降户自转到葛荣手上，斗争性质便转化成为统治阶级内部的斗争，转化成为北镇鲜卑化军人集团反对洛阳汉化集团的斗争，转化成为鲜卑化和汉化乃至鲜卑人和汉人的斗争"②。先生的这些论点是值得肯定的。

（二）娴熟运用文史互证的方法

陈寅恪先生在治学方法上，为世人所称道的，是他考察问题时，从文、史、哲多种视角，博综古今、触类旁通的思考，和由此而总结的"以史证诗、以诗证史"的方法。万先生继承了陈先生的治学方法，文史结合，文史兼擅。这在当代史学工作者中是不多见的。他的许多论文，以及《曹操诗赋编年笺证》等专著，都是文史结合的产物。如曹操的《短歌行·对酒》自问世以来，仁者见仁，智者见智，褒贬不一，先生经过研究提出了此诗并非曹操一人所作的新见解，其理由有三：一是诗中"对酒当歌，人生几何，譬如朝露，去日苦多"诸句，与"老骥伏枥，志在千里，烈士暮年，壮心不已"等语相比，情调极不协调，并非一人所写；二是有些诗句如"越陌度阡，枉用相存"，令人费解。曹操在这里是在对谁讲话呢？是承蒙谁的错爱（"枉用相存"）呢？三是全诗连贯不起来，如"何

---

① 万绳楠：《魏晋南北朝史论稿》，安徽教育出版社，1983年，第204—207页。
② 万绳楠：《魏晋南北朝史论稿》，安徽教育出版社，1983年，第294页。

以解忧，惟有杜康"，一下子转到"青青子衿，悠悠我心"，显得很突兀。带着这些问题，先生查阅《后汉书》《三国志》发现，曹操底下的众多名人（共28人）都是在建安初年来到许都的，再联系春秋战国以来，接待宾客要唱诗的事实，先生得出结论：曹操的《短歌行·对酒》是建安元年（196）在许都接待宾客时，主人与宾客在宴会上的酬唱之辞，并非曹操一人所写。①经先生如此一解读，此诗便豁然贯通了。而这种解读却是从文史结合中得来，即把此诗放到一个更大的系统中考察得来。

万先生在考证《木兰诗》《孔雀东南飞》的写作时间以及故事发生背景时，同样使用了文史互证的方法，他从社会经济发展状况入手，研究出《孔雀东南飞》创作于建安五年（200）到建安十三年（208）的九年中②，《木兰诗》则创作于太和二十年（496）到正始四年（507）的十二年中③。这样的结论是颇具说服力的。

（三）坚持用联系的观点研究问题

万先生认为，研究历史上的任何一个问题，都不能作孤立、静止的研究，因为任何事物都不能孤立存在，都与其他事物存在或多或少的联系，因此，必须充分掌握资料，注意事物之间的联系。④正是基于这样的认识，先生一直坚持用联系的观点探讨问题。如南北朝晚期，为什么由继承北周的隋朝来统一，而不由北齐或者陈朝来完成统一任务，先生对此进行了有益的探讨。先生认为，以往学界研究隋时南北的统一问题，强调的仅仅是隋文帝个人的作用，而忽视了对陈、齐、周三方复杂的外交、军事等关系及其演变过程的分析。为此先生从当时陈、齐、周三方力量的对比入手进行探讨，指出："吕梁覆车后的南北形势是：陈朝只占有长江以南的土地，军队主力被全部歼灭；北周占有的土地则北抵突厥，南抵长江，实力远远

---

① 万绳楠：《研究问题要注意事物之间的联系》，《文史哲》1987年第1期。

② 万绳楠：《魏晋南北朝文化史》，黄山书社，1989年，第152—154页。

③ 万绳楠：《魏晋南北朝文化史》，黄山书社，1989年，第187—189页。

④ 万绳楠：《研究问题要注意事物之间的联系》，《文史哲》1987年第1期。

超过陈朝……北周只要再作一两次重大攻击，就完全可以灭掉陈朝，统一无须等待隋朝。"然而为何北周没有统一呢？先生指出："这是由于北方突厥的兴起，从周武帝起，便采取了先安定北疆而后灭陈的政策。……隋文帝在突厥问题基本得到解决，北疆基本稳定之后，出兵很容易地便灭掉了陈朝，实现了南北统一。可隋的统一，基础却是在北周时期奠定的。"[①]这样的分析与联系，颇具启发意义。

对于"八王之乱"，人们都说是西晋的分封制造成的。先生不同意此说法，认为西晋的分封是"以郡为国"，与东汉、东晋、南朝的封国制度，实质上并无区别，与西周、西汉的分封，则大不相同。他引用干宝在《晋纪总论》中所记及梁武帝的说法指出，"八王之乱，原因在于西晋的封建专制机器转动不灵，在于晋惠帝是'庸主'"。"如果仅仅从'分封'二字立论，我们就必然要犯片面性的错误"[②]。先生这种对事物进行具体分析，辩证地加以考察，发现其间的内在联系的研究方法，是值得肯定的。

（四）注重开展调查研究

我们知道，社会调查在史料学上占着十分重要的地位，从事社会调查，可以使文献的史料得到进一步的补充和印证。在史学研究中，万先生很注意开展调查研究工作。如20世纪六七十年代，学界在研究农民战争过程中，有学者开展了对方腊研究的学术争鸣，引起了学术界的关注。为了进一步弄清楚方腊起义的真实情况，先生等受北京文物出版社委托，于1975年初带领4名学生深入到皖南、浙西一带考察与方腊有关的历史资料。此时，先生已年过半百，他与几位二十几岁的小伙子一道跋山涉水，在歙县、绩溪、祁门、齐云山、屯溪以及浙江的淳安一带民间四处寻找方氏族谱。"纸上得来终觉浅，绝知此事要躬行。"经过近一年的不懈努力，三下徽州，历尽千辛万苦，终于找到了不少散落在各地的方氏谱牒以及碑刻材

---

① 万绳楠:《从陈、齐、周三方关系的演变看隋的统一》,《安徽师大学报(哲学社会科学版)》1985年第4期。

② 万绳楠:《研究历史要尽量避免片面性》,《光明日报》1984年5月9日。

料，这些资料大多是第一次面世，是学术界未曾注意或利用的，弥足珍贵。先生通过对这些第一手资料的研究，最后得出"方腊是安徽歙县人"的结论，推翻了历史上认为"方腊是浙江人"一说，具有重要的史料价值。这一成果很快便在当时的《红旗》杂志上发表，后又出版了《方腊起义研究》一书（安徽人民出版社，1980年），同时还发表了《关于方腊的出身和早期革命活动》[《安徽师大学报（哲学社会科学版）》1975年第3期]、《方腊是雇工出身的农民起义领袖》（《光明日报》1975年12月4日）等文章，对于深入研究方腊起义，促进学术争鸣，是有裨益的。

（五）强调开展跨学科研究

近年来，跨学科研究成为学术界关注的热点。实际上任何一项学术研究单靠本学科的知识都是无法完成的，研究者一定程度上都要借助于其他学科的知识和方法，历史研究自然不能例外。对此，万先生早在20世纪80年代就提出了开展跨学科研究的主张：

> 研究历史，知识要广一点才好，中外历史、文史哲都应当去涉猎，去掌握。研究东方文明，不联系农业与家族社会是不行的。研究孙恩、卢循起兵，不了解道教是不行的。研究玄学中的派别斗争，不分析曹魏末年政治上的派别之争是不行的，如此等等。只有纵横相连，才能左右逢源，得心应手。①

他又指出："我深感我们的史学工作者虽然研究各有重点，但无妨去涉猎中外古今的历史；虽然以研究政治经济史为方向，但无妨去学一点文学史、宗教史、思想史。有时候一个问题的解决，有待于运用经、政、文三结合或文、史两结合的方法，以求互相发明。"②作为一个历史学家，先生闳博淹通，能娴熟地将哲学、文学、政治学、经济学等学科的研究方法

---

① 万绳楠：《研究问题要注意事物之间的联系》，《文史哲》1987年第1期。
② 万绳楠：《史学方法新思考》，《社会科学家》1989年第4期。

运用于历史研究当中，从而在跨学科研究方面为我们树立了典范。

先生之风，山高水长。万先生作为当代著名的历史学家，其在史学研究领域的卓越成就，绝非本文所能尽述。我们回顾先生近50年走过的治学道路不难发现，先生非凡的学术成就固然缘于其过人的禀赋，但最主要的还是得益于其心无旁骛、奋发进取的品格，得益于其独立思考、勇于创新的精神。他留下的数百万言学术论著，以及他的治学精神和治学方法，对后学而言是一笔宝贵的精神财富，我们应继承好先生躬耕一生不舍昼夜的学人精神，专心致志，踔厉奋发，努力多出成果，出好成果，这应是今天纪念先生应有的题中之义。

（作者系安徽师范大学历史学院二级教授、博士生导师）

整理说明

一、为保存和反映万绳楠先生的学术研究成果及其对中国古代史研究的重要贡献，兹整理编辑出版《万绳楠全集》。

二、全集分卷收录万绳楠先生所撰写的专著、论文、科普文章、小说等文字。由于作者写作时间近50年，中经战乱及运动影响，部分早期文章未能查到原文，只好暂付阙如，待将来查考后再作补遗。

三、全集编排原则为：专著、整本小说，仍作整体收入，不打乱原书；论文及科普文章，大体依所撰内容时代编排，并经编委会讨论后命名为《中国古代史论集（一）》《中国古代史论集（二）》；至于其他书信、诗歌、序跋等文字今后将另编补遗之卷以彰学术成就。

四、全集整理编辑已发表过的著作、论文等，正文部分以保存作者著述原貌为原则，即有关撰著形式、行文风格及用词习惯等均尽量尊重原作，仅对错讹之处进行修改。

五、全集注释体例在遵循著述原貌的基础上，分作夹注与页下注两类。在核查文献史料原文后，尽量写明版本、卷帙、页码等信息，以便读者阅读、查考。所核文献均取用万绳楠先生去世以前版本，以存其真。

六、为尽可能准确反映万绳楠先生的学术思想，全集整理编辑过程中，尽量对所收论著与可见到的作者原稿相核校，或与已出版、发表后作者亲笔修改之处相修正，凡此改动之处，限于体例，不再逐一作出校改说明。

七、尽管编者已尽力核校全集文字，但囿于学识、水平及条件所限，其中仍难免出现讹误之处，责任理应由编者承担，并欢迎各位读者来信指正，以便将来修订重版。

编　者

2023 年 10 月

序　言

　　曹操诗，古往今来，没有人为之编年。说实在的，难度较大。然而，如果不知道曹操这些诗的写作年代，就会对曹操的思想看不清楚。人们常说曹操"性不信天命之事"，在济南禁断淫祀，是一个唯物主义的思想家，可是却为他的游仙诗与诗中所表现的追求仙道与神药的思想所困惑。人们常说曹操的游仙诗，是我国古典诗歌中的游仙诗之祖，可是却为他不信天命的思想与禁断淫祀的行为所困惑。人们常说曹操的诗歌是现实主义的，但注释起来，又变成理想主义的了。因此亟待为曹操诗作出笺证，进行编年。

　　大家都承认建安文学所表现出来的"建安风力"或风骨，标志着我国"文艺复兴"时代的到临，而曹操是建安风力的开创者，或如鲁迅先生在《魏晋风度及文章与药及酒之关系》一文中所说，是"改造文章的祖师"。但如果分开来，认为曹操诗是理想的诗写理想，现实的诗写现实，游仙的诗写游仙，那就大大降低了曹操诗的价值，这样的诗，无论如何也不能开创建安一代文学的风力；这样的诗人，无论如何也不能成为改造文章的祖师。

　　曹操诗的价值之高，就在于能把理想主义、浪漫主义与现实主义作高度的结合。有些诗，看起来是理想主义的，其实那种理想完全建立在现实的基础之上。如《对酒》写的，看起来是纯理想主义的东西，其实却是当时的政局在党人陈蕃、窦武上台后，突现清明的反映。他心目中的"太平时"，是当时千家万姓心目中的太平时，非他一人闭门造车，突发奇想。有些诗，看起来神仙思想很浓，其实是浪漫主义的，而这种浪漫主义往往又与现实主义结合在一起。他一直都没有被仙道思想所俘虏，且叹惜过"痛哉世人"，见欺神仙。他的游仙诗都不是坐在家里想出来的，而是他到过、看过被称为有仙迹之地，生出联想，才落笔赋诗，诗中必有他当时的感情与志趣。如《气出倡·游君山》《气出倡·华阴山》以及"歌以言志"的《秋胡行·愿登泰华山》《秋胡行·晨上散关山》，都是这样的作品。还有一些诗，在历史上便是一个谜，没有人解释得清楚，如《短歌行·对酒当歌》。

陈寅恪先生常说文与史应当结合起来考察，才能把文章的内容、历史的事实弄清楚。本书即采用以史证文和以文证史的方法，阐述曹操诗的内涵，确定每首曹操诗的写作年月。既谓之笺证，所以不同于注释，有一些难懂的典故，则视其需要，随诗附释。有一些必须作考证性说明的，则作详细考证。

笺证有一个重要的目的，即为了对诗文能有一个充分而正确的赏析。本书笺证，非单以史阐文，而是在阐述中，揭示出应当如何去欣赏，去评价。

本书可以说是一次开创性的尝试，衷心期望读者指正。

目　录

附　录

编后记

对　酒

　　对酒歌，太平时，吏不呼门。王者贤且明，宰相股肱皆忠良。（《尚书·益稷》："元首明哉，股肱良哉！"）咸礼让，民无所争讼。三年耕有九年储（《礼记·王制》："三年耕必有一年之食，九年耕必有三年之食。""国无九年之储曰不足。"），仓谷满盈。斑白不负戴。雨泽如此，五谷用成。却走马，以粪其土田。（《道德经》第四十六章："天下有道，却走马以粪。"）爵公侯伯子男，咸爱其民，以黜陟幽明，子养有若父与兄。犯礼法，轻重随其刑。路无拾遗之私，囹圄空虚，冬节不断人（断，处决犯人）。耄耋皆得以寿终，恩德广及草木昆虫。

——《宋书·乐志三》

[编年]：

汉灵帝建宁元年（168）正月至九月。

[笺证]：

此诗起首二语"对酒歌，太平时"，欢欣之情，跃然纸上。

按《后汉书·灵帝纪》记建宁元年春正月，以城门校尉窦武为大将军。窦武迎刘宏即皇帝位，是为灵帝。灵帝时年十二，由窦太后临朝听政，用陈蕃为太傅。《后汉书·李膺传》记"陈蕃为太傅，与大将军窦武共秉朝政，连谋诛诸宦官，故引用天下名士，乃以膺为长乐少府"，政治突现清明之象，人心振奋。《后汉书·陈蕃传》写到当时的人心：

· 1 ·

及后临朝，故委用于蕃，蕃与后父大将军窦武同心尽力，征用名贤，共参政事，天下之士，莫不延颈想望太平。

"对酒歌，太平时"，正是当时人心振奋，"莫不延颈想望太平"可以即至的写照。

又《陈蕃传》记陈蕃于桓帝延熹九年（166）上疏有云："君为元首，臣为股肱，同体相须，共成美恶者也。"《后汉书·窦武传》记窦武于桓帝永康元年（167）上疏有云："臣闻古之明君必须贤佐以成政道。"《对酒》"王者贤且明，宰相股肱皆忠良"，虽为引用《尚书·益稷》之典，却是写实之作。君明臣贤，是当时人们共同的梦想。而此梦想已因窦武、陈蕃、李膺等名士上台，变成了现实。王者既贤且明，宰相股肱皆是忠良之士，又何愁太平之世不来到人间。

又《陈蕃传》记陈蕃于延熹六年（163）上疏，谈到"当今之世，有三空之厄哉。田野空，朝廷空，仓库空，是谓三空。加兵戎未戢，四方离散，是陛下焦心毁颜，坐以待旦之时也"。且有"晏子为陈百姓恶闻旌旗舆马之音"的话。自陈蕃等人秉政，在百姓的想象中，经济当可回升，杀伐之音当可消泯，百姓不致饿死沟壑。《对酒》"三年耕有九年储，仓谷满盈""却走马，以粪其土田"，虽然也用了《礼记·王制》与《道德经》第四十六章之典，但也是写实之作，它反映了人们在生存与停止兵战上对陈蕃等人所抱有的期望与信心。

又《陈蕃传》记陈蕃于光禄勋任内上疏："夫狱以禁止奸违，官以称才理物，若法亏于平，官失其人，则王道有缺，而令天下之论，皆谓狱由怨起，爵以贿成。"于太尉任内又上疏要求"简练清高，斥黜佞邪"。"法亏于平，官失其人"久矣，人们莫不翘首以盼陈蕃等人秉政后，将"简练清高，斥黜佞邪"付诸实行。当时最大的佞邪就是宦官。陈、窦"连谋诛诸宦官"，是民心之所向。《对酒》"以黜陟幽明"，指日可期。"黜陟幽明"四字所反映的也是当时人们的心理。

《对酒》全诗既写出了曹操所理想的太平盛世的状貌，又集中反映了列名于党人"三君"的陈蕃、窦武秉政后人们的思想愿望，是浪漫主义的也是现实主义的名篇，绝非凭空单写理想。

陈蕃、窦武于建宁元年九月失败被杀。人们所理想的太平盛世，转瞬间化为了泡影。

以此，已可断定《对酒》一诗作于汉灵帝建宁元年正月至九月，即陈蕃、窦武当政时期。再看建宁二年（169），曹操上书为陈蕃、窦武翻案，这是"对酒歌，太平时"写于陈、窦当政时期的反证。《魏书》记此事云：

> 先是，大将军窦武、太傅陈蕃谋诛阉官，反为所害。太祖上书陈武等正直而见陷害，奸邪盈朝，善人壅塞。其言甚切，灵帝不能用。
>
> （《三国志·武帝纪》注引）

可见曹操胸中所充塞的愤懑之情有多大！这种愤懑之情，来自他"对酒歌，太平时"向往的幻灭。

问题来了，建宁元年，曹操才十四岁，建宁二年，曹操才十五岁，他何以能在此年龄写出"对酒歌，太平时"之诗与为陈、窦翻案呢？

要明白这个问题，知其可能性，必须廓清曹操少年时代眩人的迷雾，认识少年曹操是个怎样的人。

《三国志·武帝纪》说曹操少年时"不治行业"。注引《曹瞒传》说他"少好飞鹰走狗，游荡无度"。似乎少年时代的曹操，但知游手好闲。这带来了许多问题，既然少年时代的曹操不治行业，游荡无度，那么，他何以能"博览群书"（注引孙盛《异同杂语》）？何以"能明古学"（注引《魏书》）？何以能"登高必赋，及造新诗，被之管弦，皆成乐章"（注引《魏书》）？何以能"才力绝人，手射飞鸟，躬禽猛兽"，在南皮"一日射雉获六十三头"（注引《魏书》）？桥玄何以会盛赞"幼年逮升堂室"的曹操为"命世之才"，能安天下者必为曹操（《武帝纪》）？李瓒何以能在曹操"微时"，即年二十，举孝廉，为郎之前，盛赞"天下英雄，无过曹操"，并让诸子归依曹操（《后汉书·李膺传》)？称赞曹操的还有何颙、许劭等人，可谓异口同声。既然少年时代的曹操不治行业，游荡无度，那么他所具有的、袁绍等人所难以望其项背的政见、武略、胆识，从何而来？如此等等，不都是需要廓清的迷雾吗？

须知曹操十五岁以前，在家乡谯县读小学，十五岁以后，在洛阳（东汉都城）读太学。为阐明《对酒》一诗，是曹操十四岁所写，有必要对曹操读书的史实，作一次钩沉。

要了解曹操的少年时代，首先必须了解曹操的家世出身。只凭"赘阉遗丑"四字，是不能解决任何问题的。

在亳县（今亳州市）发现的曹氏宗族墓群，董园村一号汉墓墓主人称"曹侯"，字砖上书刻的年号为汉桓帝延熹九年。把这个发现拿来与文献记载相证，可以肯定汉末谯县曹氏是作为一个宗族而存在于当时社会中的，这个宗族有它自己的田庄与官宦人物，人们熟知宗族或大家族是东汉的社会单位，谯县曹氏宗族为其一。

谯县曹氏为曹氏四望族之一。祖宗无须追远，以下从曹操的曾祖父曹节说起。

《武帝纪》注引司马彪《续汉书》，说曹节"素以仁厚称"，为乡党所"贵叹"。生有四子：伯兴、仲兴、叔兴、季兴。季兴便是曹操的祖父曹腾。曹节在《三国志·刘晔传》所引的魏明帝诏中，被称为"处士君"，他是没有做过官的，但到曹操的祖辈便不同了。

曹操的祖父曹腾，顺帝时，"迁至中常侍、大长秋，在省闼三十余年，历事四帝（安、顺、冲、质)"。桓帝时，又"以腾先帝旧臣，忠孝彰著，封费亭侯，加位特进"。（《续汉书》)除曹腾外，在曹操的祖辈中，还有人做官，至于父辈，做官的就更多。

《水经注》卷二十三《阴沟水注》写道："涡水四周城（谯城）侧，城南有曹嵩（曹操之父）冢。"其北"有圭碑，题云：'汉故中常侍长乐太仆特进费亭侯曹君（曹腾）之碑，延熹三年立。'"又"有兄腾（应为腾兄）冢"，"冢东有碑，题云：'汉故颍川太守曹君墓，延熹九年卒。'而不刊树碑岁月。坟北有其元子炽冢，冢东有碑，题云：'汉故长水校尉曹君之碑，历太中大夫、司马、长史、侍中，迁长水，年三十九卒，熹平六年造。'炽弟胤冢，冢东有碑，题云：'汉谒者曹君之碑，熹平六年立。'"

《水经注》这则记述，说了曹腾一辈，除曹腾外，为官的尚有曹腾之兄颍川太守曹某。他有二子：曹炽、曹胤。曹炽为长水校尉，曹胤为谒者。按《三国志·曹仁传》注引《魏书》记有："仁祖褒，颍川太守；父炽，侍中，长水校尉。"则《水经注》所说"汉故颍川太守曹君"即曹仁的祖父曹褒。此人为曹腾之兄，但不知为伯兴、仲兴抑叔兴也。他二子曹炽、曹胤与曹操之父曹嵩同辈，也都是官。

《三国志·曹洪传》又云："洪族父瑜，修慎笃敬，官至卫将军，封列侯。"注引《魏书》称："洪伯父鼎为尚书令，任洪为蕲春长。"《三国志·曹休传》注引《魏书》又云："休祖父尝为吴郡太守。"此三人即卫将军、列侯曹瑜，尚书令曹鼎，吴郡太守曹某，亦为曹嵩同辈。

至若曹嵩本人，据《武帝纪》注引《续汉书》，原"为司隶校尉，灵帝擢拜大司农、大鸿胪，代崔烈为太尉"。

由此看来，东汉谯县曹氏之为望族，便不是没有由来的了。

兹将文献及考古所见曹操的曾、祖、父三辈列之如下。

曾祖父辈：曹节，他的后代称他为"处士君"。

祖父辈：曹伯兴、曹仲兴、曹叔兴、曹季兴。曹褒未知为伯兴、仲兴抑叔兴，此人官至颍川太守。曹腾即曹季兴，官至中常侍、大长秋，封费亭侯。

父辈：曹炽，官至长水校尉；曹胤，官至谒者；曹嵩，官至太尉；曹瑜，官至卫将军，封列侯；曹鼎，官至尚书令；曹休的祖父曹某，官至吴郡太守。

谯县曹氏几辈人作为一个宗族而存在，是毫无问题的。《曹休传》记曹休为曹操的"族子"，"天下乱，宗族各散去乡里"，曹休渡江至吴，后北归见曹操，曹操对左右称他为"此吾家千里驹也"。曹操之所以称曹休为"吾家千里驹"，是因为曹氏宗族为当时的社会单位之一，族人如同家人。既然谯县曹氏作为宗族而存在，那么，它就必然具有当时广泛存在的宗族田庄所具有的共同特性。

汉末崔寔写的《四民月令》，被认为是研究东汉晚期社会经济结构的典型性文献。《四民月令》描绘的田庄有宗族活动。正月、冬至祭祖；三月"赈赡穷乏，务施九族，自亲者始"；九月"存问九族孤寡老病不能自存者"；十月"纠合宗人共兴举之，以亲疏贫富为差"；十二月"请召宗族、婚姻、宾旅，讲好和礼，以笃恩纪"。（以上《四民月令》相关引文据《齐民要术》卷三《杂说》，以下亦是，不再赘述）田庄中的宗族活动虽不一定全如崔寔所述，但要知：一、宗族确为当时社会的基本单位，一个田庄基本就是由一个宗族组成。二、宗族中各个家庭有亲疏贫富的不同。生产虽由族长用"命""令"进行，由选出的"任田者"指挥（这是土地由宗族共有的反映），但除土地外，各家的财产是分开的，生活也是分开的。《曹仁传》附《曹纯传》说到曹纯"与同产兄仁别居，承父（曹炽）业，富于财，僮仆人客以百数"。《曹洪传》注引《魏略》说到曹操"为司空时，以己率下，每岁发调，使本县平资，于时谯令平洪资财与公（曹操）家等"。曹操说："我家资那得如子廉（曹洪）邪！"这与《四民月令》所记宗族中有"亲疏贫富"之分，完全吻合。

《四民月令》描绘的田庄，每逢二月，"顺阳习射，以备不虞"；五月，"乃弛角弓弩，解其徽弦，张竹木弓弩，弛其弦，以灰藏旃裘、毛毳之物及箭羽"；九月，"缮五兵，习战射，以备寒冻穷厄之寇"。这表明宗族有自己的军事组织与训练活动。当时每一个田庄都有部曲，兵由族中佃客充当，率领他们进行战射的则是族中的主人。

明乎此，便可以了解曹操何以能"才力绝人，手射飞鸟，躬禽猛兽"。他的武功是自幼在曹氏宗族田庄中练出来的。《三国志集解》卷一引刘昭《幼童传》说曹操"幼而智勇，年十岁，常浴于谯水，有蛟逼之，自水奋击，蛟乃潜退"。十岁而有这种功夫，就是因为一个宗族田庄，也是一个讲武场。自幼习武者多矣，曹仁之勇，"贲、育弗加"（《曹仁传》注引《傅子》），又何止曹操一人。

这与曹操豪迈的性格、无所畏惧的胆量的形成，极有关系。

尤其要注意《四民月令》所描绘的田庄中有学校。每逢正月，"砚冰释，命幼童入小学，学篇章（幼童谓九岁以上，十四岁以下。篇章谓六甲、九九、《急就》、《三仓》之属）"；八月，"暑退，命幼童入小学，如正月焉"；十一月，"砚水冻，命幼童，读《孝经》、《论语》、篇章，入小学"。这表明宗族田庄中有小学，为九岁至十四岁的幼童学习之所。按旧有"九年（九岁），教之数日；十年（十岁），出就外傅，居宿于外，学书计"，即入小学之说（见《礼记·内则》）。东汉宗族田庄中之所以有小学，一为承旧说，正因为是承旧说，故幼童入小学用"命"。命也就是一定要入之意。二为宗族既是当时的社会单位，小学势必在宗族中设置。

认识东汉宗族田庄中有小学，且每年三次命令幼童入学，是十分重要的。东汉不乏才识之士，他们所受的启蒙教育实为宗族中的小学教育。十岁还在谯县曹氏宗族中居住的曹操，毫无疑问，必为曹氏宗族小学中的入学幼童之一。没有这个基础，他的文才识见就成为无源之水了。

总起来说，曹操自出生至十四岁〔汉桓帝永寿元年（155）至汉灵帝建宁元年〕，是在谯县曹氏宗族田庄中度过的。田庄中既有小学，又有武学，既学六甲（六十甲子）、九九、《急就》、《三仓》、《孝经》、《论语》，又学战射，曹操的文才武略，由此奠定。

曹操生长的时代，很可注意。《后汉书·党锢列传》云："逮桓、灵之间，主荒政谬，国命委于阉寺，士子羞与为伍，故匹夫抗愤，处士横议"，猛烈抨击朝政。太学"诸生三万余人，郭林宗、贾伟节为其冠，并与李膺、陈蕃、王畅更相褒重。学中语曰：'天下模楷李元礼（李膺），不畏强御陈仲举（陈蕃），天下俊秀王叔茂（王畅）。'……自公卿以下莫不畏其贬议，屣履到门"。陈蕃为党人"三君"之一，李膺为党人"八俊"之首。党人的斗争，大大鼓舞了汉末处于水深火热中的百姓之心，同时也遭到了皇帝与宦官的仇视。桓帝延熹九年，第一次党锢事起，李膺等二百余人被捕入狱。这年，曹操十二岁。

前面说过，曹氏宗族中官宦人物很多。曹操祖辈有颍川太守曹某，死于延熹九年；中常侍、大长秋封费亭侯曹腾，死于延熹之初。父辈有长水校尉曹炽，死于熹平之际；谒者曹胤，死于熹平之际；尚书令曹鼎；吴郡太守、曹休的祖父曹某。曹操的父亲曹嵩，据《续汉书》"为司隶校尉，灵帝擢拜大司农、大鸿胪"之言，可知他为司隶校尉必在桓帝时。这样多的官宦人物，生活在党人斗争风起云涌之时，时事新闻不断传入谯县曹氏田庄，自是意料中事。即使十四岁以前曹操没有到过洛阳，幼年心灵也必受震撼。

曹操的《祀故太尉桥玄文》说他"以幼年逮升堂室，特以顽质，见纳君子（桥玄），增荣益观，皆由奖勖，犹仲尼称不如颜渊，李生厚叹贾复"，此指他幼年时，"尝往候玄，玄见而异焉，谓曰：'今天下将乱，安生民者，其在君乎。'"（《后汉书·桥玄传》）此记载生动地说明曹操在幼年时期，慨然已有澄清天下之志。党人斗争在幼年曹操心目中造成的优良影响，幼年学习造就的曹操的文武全才与胆识，可以见矣。

曹操读完小学，即至洛阳入太学，为诸生。他成为太学生，当在十四岁至十五岁之间。这又是一个公案，为说明《对酒》诗与为陈蕃、窦武翻案奏疏，为曹操十四岁至十五岁时所写，必须申论。

《世说新语·识鉴》"曹公少时见桥玄"条注引《续汉书》说："初，魏武帝为诸生，未知名也，玄甚异之。"按《后汉书·庾乘传》云："（郭）林宗见而拔之，劝游学宫（太学），遂为诸生。"同书《高彪传》云："至彪为诸生，游太学。"这里说的"为诸生"，也就是为太学生。《后汉书》所见"为诸生"都是为太学生，曹操曾入太学，为诸生，殆无疑义。当然，还须论证。下面从东汉的太学说起。

太学在东汉是有发展的。《后汉书·左雄传》记顺帝"阳嘉元年，太学新成"，左雄奏请"征海内名儒为博士，使公卿子弟为诸生。……于是负书来学，云集京师"。《后汉书·质帝纪》记本初元年（146）夏四月庚辰，"令郡国举明经，年五十以上，七十以下，诣太学，自大将军至六百石皆遣子受业"。即自大将军至县令长都要把子弟送入太学。到桓、灵之间，太学生达到三万余人，这是本初元年夏四月庚辰令所造成的结果。此令具有制度性质，桓、灵之际仍在执行。

太学结业，在汉仍须通过举孝廉之途，才可做官。《后汉书·范康传》记范康"少受业太学，与郭林宗亲善，举孝廉，再迁颍阴令"是为一证。先游太学，后举孝廉，在东汉是一条很重要的入仕途径。

再看《四民月令》所记，正月，"农事未起，命成童（谓十五以上至二十也）以上入太学，学五经"；十月，"农事毕，命成童入太学，如正月焉"。成童以上也用"命"，那就是一定要入了。"十五入太学"也是旧制，由来已久。《白虎通德论》卷四《辟雍篇》说："古者所以年十五入太学何？以为八岁毁齿，始有识知，入学学书计，七八十五，阴阳备，故十五成童志明，入太学学经术。学之为言觉也，以觉悟所不知也。"东汉宗族田庄中的成童，入太学之所以也用"命"，因为这也是一个旧传统。如果某个年到十五的成童，父亲在朝做六百石以上的官，受田庄宗族主人之命，按"自大将军至六百石"皆须遣子受业之制，他离开田庄，到洛阳入太学，就毫无怀疑的余地了。

入太学的年龄也并非必须是十五岁。《四民月令》记"命成童以上入太学"，成童以上是十五至二十间。少于十五岁也可入太学。《后汉书·杜根传》说杜根"年十三，入太学，号奇童"。

现在来看曹嵩与曹操。《续汉书》既说曹嵩"为司隶校尉，灵帝擢拜"列卿与三公之官，则曹嵩在桓、灵之间，正在洛阳。桓帝死于永康元年十二月，那年曹操十三岁。次年正月灵帝即位，此时曹操十四岁。他的父亲这年如果不是大司农，也是司隶校尉。还可注意，阳嘉四年（135），顺帝曾下诏："宦官养子悉听得为后，袭封爵，定著乎令。"（《后汉书·孙程传》）曹腾在桓帝延熹三年（160）以前死去，费亭侯封爵已由养子曹嵩承袭，曹嵩不仅是公卿，而且是列侯。"使公卿子弟为诸生""自大将军至六百石皆遣子受业""命成童入太学""年十五入太学"是东汉的成规旧法。再取《续汉书》"魏武帝为诸生"来印证，年到十四，灵帝即位，父被擢拜九卿之官，他来洛阳入太学为诸生，就是铁定的了。

曹操至洛阳入太学，至洛阳必在灵帝建宁元年，即灵帝即位之年。这年也是陈蕃、窦武被太后起用秉政之年，曹嵩被擢拜列卿之年。皇帝换了，秉政者换成党人，父亲又被用为大司农之官，十四岁的曹操来到洛阳，准备入太学，是必然之理。至于入太学时的年龄，可能在十四岁，也可能在十五岁。十五岁必入太学。

灵帝即位之初，桥玄被征召为河南尹，转任少府、大鸿胪。曹操入太学为诸生之年，桥玄正在洛阳做官。这二人也只能在洛阳相识。按《四民月令》，幼童为九岁至十四岁，成童为十五岁至二十岁。幼，古虽有二说，一说十五以下，一说十九以下，然据《四民月令》，东汉称幼，应为十五以下。桥玄称赞曹操于曹操"幼年"之时，必为曹操十四五岁到洛阳入太学之时。由桥玄的赞语："今天下将乱，安生民者，其在君乎"，可明曹操此际已经不同凡响。

曹操到洛阳的时候，陈蕃、窦武已秉政，洛阳气象一新，人们以为太平将至，抱负不凡的少年曹操写出"对酒歌，太平时"一诗，这不是完全可能吗？

曹操为陈蕃、窦武翻案之年（建宁二年），已经是太学生了。他上书为陈、窦翻案，见于史乘，无可置疑。人们所不明的是，究竟事在何年？

关于这个问题，首先要明白太学生上疏议论政治，在东汉晚期，已成为一种风气。朝廷有时也把事情下到太学去讨论。《后汉书·刘陶传》记桓帝时，"大将军梁冀专朝而桓帝无子，连岁荒饥，灾异数见。陶时游太学，乃上疏陈事"。其胆子很大，直指朝廷"竞令虎豹窟于麂场，豺狼乳于春囿"。后来有人提出货轻钱薄，宜改铸大钱，"事下四府群僚及太学能言之士"，刘陶又上议陈辞："比年以来，良苗尽于蝗螟之口，杼柚空于公私之求。"这又是在抨击当时的弊政。桓、灵之际，太学生三万余人站在陈蕃、李膺一边，展开了激烈的斗争，议政在太学生中，蔚然成风。建宁之初，曹操初入太学，锐气方盛。他目睹陈、窦之冤，太平化作南柯一梦，以太学生身份上书为陈、窦翻案，也就不奇怪了。

其次要明白此年十月第二次党锢事起，大长秋曹节讽有司奏李膺、杜密等为钩党，李、杜等百余人被杀，妻子皆徙边。州郡大举钩党，死、徙、废、禁的达六七百人。此后，如有敢于揭露宦官罪恶及要求赦宥党人的人，辄被收考、禁锢、杀戮。谁也不可能再去为党人翻案。曹操为陈、窦翻案，只能在他入太学之后，第二次党锢事起之前，即在建宁二年十月前。

其实，曹操写"对酒歌，太平时"一诗，与他上书为陈、窦翻案，本来就是紧密相连的，即与陈蕃、窦武的上台秉政与下台被害相终始。为陈、窦翻案的文章，是《对酒》一诗的延续。而他之所以为陈、窦翻案，正是由于《对酒》一诗中，政治理想的破灭。

以此，完全可以确定：《对酒》一诗写于汉灵帝建宁元年正月陈、窦秉政至九月陈、窦被杀这九个月间，地点在洛阳。

最后说一下《对酒》一诗的艺术价值。

如果仅从字句上看，此诗很普通。但若知此诗写在灵帝上台，陈蕃、窦武秉政之年，所反映的是"天下之士莫不延颈想望太平"的思想心情，立刻就会发现，从"对酒歌，太平时"直至最后二语"耄耋皆得以寿终，恩德广及草木昆虫"，全诗充满了欢欣鼓舞的情怀，而在这种欢欣中，勾画出了一个太平盛世的景象。这种景象就浮现在眼前，伸手可触。

自"对酒歌"到"民无所争讼"，写的是君贤臣良，"吏不呼门""民无争讼"之日可期。自"三年耕有九年储"到"却走马，以粪其土田"，写的是五谷年年丰收，风调雨顺，战鼓不闻，仓谷满盈，老人含笑，农村好一片繁荣景象。从"爵公侯伯子男，咸爱其民"到"冬节不断人"，写的是"黜陟幽明"，而这种黜陟都是出于能爱其民。最后以刑止刑，终于达到"囹圄空虚，冬节不断人"的理想境界。最后二语，老人皆得以寿终，连草木昆虫也广被恩泽，是太平之极致。那时，"天下之士莫不延颈想望太平"，黄巾也在八州提出了"黄天泰（太）平"的口号，而能将万人心目中的太平理想，用诗句概括得如此明确的，只有《对酒》。无疑，此诗是理想主义、浪漫主义与现实主义高度结合的产物。明乎此，就可以了然曹操诗确实收束了汉音，振发了魏响。

度关山

天地间，人为贵。立君牧民，为之轨则。车辙马迹，经纬四极。黜陟幽明，黎庶繁息。于铄贤圣，总统邦域。封建五爵，井田刑狱。有燔丹书，无普赦赎。皋陶甫刑（一作"吕侯"。有《吕刑》），何有失职？嗟哉后世，改制易律。劳民为君，役赋其力。舜漆食器，畔者十国。不及唐尧，采椽不斲。世叹伯夷，欲以厉俗（孟子称伯夷为"廉"和"圣之清者"）。侈恶之大，俭为恭德（一作"共德"。《左传》昭公二十四年："俭，德之共也；侈，恶之大也。"）。许由推让，岂有讼曲？兼爱尚同，疏者为戚。

——《宋书·乐志三》

[编年]：

汉灵帝中平元年（184）五月至十二月。

[笺证]：

此诗是针对济南的情况而发，但有升华。

《三国志·武帝纪》记灵帝光和末年即中平元年，曹操被迁为济南相，"国有十余县，长吏多阿附贵戚，赃污狼藉，于是奏免其八。禁断淫祀，奸宄逃窜，郡界肃然"。注引《魏书》云：

> 长吏受取贪饕，依倚贵势，历前相不见举。闻太祖至，咸皆举

免，小大震怖，奸宄遁逃，窜入他郡。政教大行，一郡清平。初，城阳景王刘章以有功于汉，故其国为立祠。……贾人或假二千石舆服导从，作倡乐，奢侈日甚，民坐贫穷，历世长吏无敢禁绝者。太祖到，皆毁坏祠屋，止绝官吏民不得祠祀。

《风俗通义》对济南等地之祀城阳景王刘章，有生动的描写。卷九《城阳景王祠》云：

> 自琅邪、青州六郡及勃海都邑乡亭聚落，皆为立祠，造饰五二千石车，商人次第为之立服带绶，备置官属，烹杀讴歌，纷籍连日，转相诳曜，言有神明，其遣问祸福立应。历载弥久，莫之匡纠。唯乐安太守陈蕃、济南相曹操一切禁绝，肃然政清。陈、曹之后，稍复如故。

长吏贪饕，淫祀为祟，是济南人民的两大祸害。在这两大祸害下，刮起了一股奢侈的歪风。这股歪风，日甚一日。人民则普遍贫穷下去。城阳景王是神，长吏在人民心目中又何尝不是神。人民则不过是草芥罢了。

济南淫神与污吏之为害，实际上是全国情况的一个缩影。

就神而言，《后汉书·桓帝纪》写到桓帝"饰芳林而考濯龙之宫，设华盖以祠浮图、老子，斯将所谓听于神乎"？注引《续汉志》谓桓帝"祀老子于濯龙宫，文罽为坛，饰淳金银器，设华盖之坐，用郊天乐"。又引《左传》史嚚之言云："国将兴，听于人；将亡，听于神。"在祀于神、听于神上，东汉皇帝是个带头人。

东汉黄老道同祀老子，桓帝是黄老道的信奉者。《武帝纪》注引《魏书》记有青州黄巾写给曹操的一封信，信中说到曹操"昔在济南，毁坏神坛，其道乃与中黄太乙同，似若知道，今更迷惑"。则曹操在济南所毁城阳景王神坛，与黄巾所奉神道相同。黄巾太平道为黄老道的一个分支，城阳景王神道也就是黄老道的一个分支。城阳景王神坛分布于琅邪、青州六郡及勃海，可谓盛极于东方。其根源在东汉皇帝信奉黄老道，于濯龙宫设华盖、用郊天乐以祠老子之神。如果从章帝于白虎观集群儒以谶纬图说解释儒家经书算起，东汉整个时代都可以说是一个听于神的时代。

就官吏而言，在宦官当政的桓灵时代，主荒政谬，贪残之吏，比比皆是。只要一翻《后汉书》之《党锢列传》《宦者列传》，赃污官吏，俯仰可拾。刘陶所谓"竞令虎豹窟于麰场，豺狼乳于春囿"是也。皇帝是贪官污吏的支持者，党人打击他们，只要他们一哭诉到皇帝那里去，党人就立刻被撤职以至械系。

奢侈之风，也是由皇帝带头刮起的。济南祀城阳景王神，"假二千石舆服导从，作倡乐，奢侈日甚"，是从桓帝祠老子，"设华盖之坐，用郊天乐"学来。只不过城阳景王神毕竟是个小神，他们还不敢设华盖之坐、郊天乐罢了。

官吏的奢侈如宦官，是惊人的。《宦者列传》写道："南金、和宝、冰纨、雾縠之积，盈仞珍藏；嫱媛、侍儿、歌童、舞女之玩，充备绮室。狗马饰雕文，土木被缇绣。皆剥割萌黎，竞恣奢欲。"他们展开了奢欲竞富。

现在来看《度关山》一诗。

此诗起首二语"天地间，人为贵"，是奇语，劈空而来。但非凭空想象，而是由看到济南的淫祀，联想到皇帝的"听于神"，所发出的足以颠倒乾坤的声音。试想，在东汉神权时代，有哪一个人敢讲"天地间，人为贵"？汉朝讲了几百年的天人关系，都是天为贵，神为贵。第一个颠倒天人关系，大声疾呼"天地间，人为贵"，而不是天为贵，神为贵的人，便是曹操。他这种思想就集中表现在《度关山》前二语中。此诗价值之高，正在于此。从文学的观点来看，此二语是现实主义与浪漫主义高度结合产生的精华。这就是"魏响"，就是"建安风力"之所在。

下面是展开。

既然天地之间，以人为贵，那么，像济南这样的害人不浅的淫祀、污吏，早应予以禁绝与制裁。可是，"历前相不见举"。《度关山》紧接"人为贵"之后，写了"立君牧民，为之轨则。车辙马迹，经纬四极。黜陟幽明，黎庶繁息"六语。这是由有惑于历届济南相不能禁绝淫祀，制裁污吏，联想到"立君牧民"的问题。立君牧民，应当"为之轨则"，应当"黜陟幽明"，使"黎庶繁息"，而皇帝究竟干了些什么？皇帝所给的榜样或轨则，是祠于神，听于神，在神上不惜靡费钱财，将神当作天子来尊奉，难怪济南要把城阳景王神当作二千石（太守）来尊奉了。皇帝不是黜幽陟明，而是支持贪官污吏，打击反对贪官污吏的正直人士，黜明陟幽。这就必然要使百姓遭到残害，何谈黎庶繁息？"立君"之语，把矛头直接指向了皇帝，用正面讲理之法，对皇帝进行了斥责，同时也把自己的政见与理想烘托出来。

由"天地间"至"黎庶繁息"是第一个八句。从"于铄贤圣"开始，至"橡橼不斲"止，是第二、第三两个八句。这两个八句是写历史经验。第二个八句说过去的贤王是如何做的。重要的是"有燔丹书，无普赦赎。皋陶甫刑，何有失职"四语。没为奴隶的犯人，可以烧掉他们的卖身契"丹书"，但不实行普赦。执法严明的皋陶、甫侯，哪里有什么失职？这是借历史申述立君牧民为之轨则与黜陟幽明的重要性。第三个八句重要的是"舜漆食器，畔者十国。不及唐尧，橡橼不斲"四语。这是借历史申述立君牧民，奢侈之为害。舜不过漆了食器，叛离的诸侯国便有十国之多。现在，黜陟赏罚不明，而上下奢侈又已成风，民不能安居于下，神却高居于华盖与二千石之坐，真可谓国之"将亡，听于神"！济南由淫祀煽起的奢侈之风，来自桓帝文罽为坛，饰淳金银器，设华盖之坐，用郊天乐以祀老子神；官吏赃污奢靡，来自执政如宦官之流的积南金宝货、歌童舞女，狗马饰雕文，土木被缇绣，剥割黎民，竞恣奢欲。即来自主荒政谬，立君牧民，根本不把人民当回事，但喊听之于神而已。这两个八句，写的是历史，阐扬的却是"人为贵"三字。

最后一个八句，前四语"世叹伯夷，欲以厉俗。侈恶之大，俭为恭（共）德"，是紧承舜侈尧俭而来。如果不明白济南在淫祀、污吏两害之下，"奢侈日甚，民坐贫穷"，不明白这只是全国情况的一个缩影，读来就会令人对此诗提出侈与俭两个问题，强调侈恶之大，俭为恭（共）德，感到突然。"侈恶之大，俭为恭（共）德"二语，是理论升华，这种升华，建立在现实基础上。而在这二语中，我们又可看到光彩照人的"天地间，人为贵"六字。曹操一贯提倡节俭，对奢侈深恶痛绝。人们不明白曹植妻衣绣，何以竟被曹操以违制命赐死（《三国志·崔琰传》注引《世语》），殊不知曹操的"人为贵"思想所包含的一个极重要的内容便是俭。这种思想已见于他在中平元年写的《度关山》一诗中。

后四语重在"许由推让""兼爱尚同"二语。尧要把天下让给许由，许由认为是对他的污辱，逃去隐居。尧是让贤，许由则不仅让贤，而且视宝座如敝屣。这是指责当时主荒政谬，当政者视宝座、权势如命根，何有让贤之举？如果人人都能像许由那样推让，毫不以宝座与权势为意，在台上的爱人如爱己，在台下的也爱人如爱己，兼爱尚（上）同，则天下太平。这又是一次思想升华，这次升华将天地间，人为贵的思想，发挥得淋漓尽致，将立君牧民的理论，上升到了高峰。不要忘记这种升华仍然建立在济南与全国的现实情况之上。

《度关山》无疑是继《对酒》之后，又一首理想主义、浪漫主义与现实主义高度结合的好诗。

自陈蕃、窦武被杀，太平理想要在全国实现，已经办不到了，但在一郡一县，未尝不可一试。曹操在《让县自明本志令》中说过，举孝廉之初，他便想做一个郡守，"好作政教"。他在济南为相，奏免污吏，禁绝淫祀，提倡去奢侈，尚节俭，正是根据他的政治理想与济南的实际情况，去作出他所说的"政教"。其升华便是《度关山》一诗的产生。

以此完全可以确定：《度关山》这首诗，写于汉灵帝中平元年，曹操在济南为相的时候。

这里想说一下，从《对酒》与《度关山》二诗的写出，可以看出曹操实为党锢传人。

曹操先为陈蕃、窦武秉政，政治呈现清明之象，写出了"对酒歌，太平时"之诗。接着，又以太学生身份，为陈蕃、窦武正直而被杀害，上书翻案。他在举孝廉后，先后做过洛阳北部尉、顿丘令、济南相，任内的作为黜陟幽明,与《党锢列传》所记党人的作为一致。尤其《风俗通义》所记徐、青、冀淫祀,"唯乐安太守陈蕃、济南相曹操一切禁绝"的话,值得留神。这表明在人为贵的思想上,曹操与党人也有相通之处。曹操是党锢传人,殆无疑义。

由此可以解释党人何颙见到曹操,何以说"汉家将亡,安天下者必此人也"。李膺之子李瓒,何以能惊异曹操之才,临死,对子李宣等人说,"天下英雄,无过曹操",世乱"必归曹氏"。(均见《党锢列传》)

善哉行二首

其 一

古公亶甫（周文王祖父），积德垂仁。思弘一道，哲王于幽。一解

太伯仲雍，王德之仁。（古公亶甫欲立少子季历，以使季历之子姬昌得以承袭。长子太伯、次子仲雍让位避居荆蛮）行施百世，断发文身。二解

伯夷叔齐（殷孤竹君二子），古之遗贤。让国不用（孤竹君死，伯夷、叔齐互相让位，弃国逃走），饿殂首山。三解

智哉山甫（仲山甫），相彼宣王。何用杜伯（周宣王臣，无罪被杀），累我圣贤。四解

齐桓之霸，赖得仲父（管仲）。后任竖刁，虫流出户。五解

晏子平仲，积德兼仁（晏婴闻囚徒越石父有才能，解左骖为其赎罪）。与世沉德，未必思命（《史记·晏子列传》："国有道，即顺命；无道，即衡命。"）。六解

仲尼之世，王国为君（周王等同于诸侯国君）。随制饮酒，扬波使官。（《左传》僖公十二年，管仲使周，周王接以上卿之礼，管仲却只受下卿之礼。孔子赞其谦让）七解

其 二

自惜身薄祜（福），夙贱罹孤苦。既无三徙教，不闻过庭语。一解

其穷如抽裂（抽肠裂腹），自以思所怙（恃）。虽怀一介志，是时其能与。二解

守穷者贫贱，惋叹泪如雨。泣涕于悲夫，乞活安能睹？三解

我愿于天穷，琅邪倾侧左。（《后汉书·曹腾传》记曹操起兵，父曹嵩不肯相随，"乃与少子疾避乱琅邪，为徐州刺史陶谦所杀"。事在兴平元年）虽欲竭忠诚，欣公归其楚。（《春秋》襄公二十九年："公至自楚。"此指献帝归自长安）四解

快人曰（一作由）为叹，抱情不得叙。显行天教人，谁知莫不绪。五解

我愿何时随，此叹亦难处。今我将何照于光耀，释衔（《诗经·小雅》："出则衔恤。"）不如雨。六解

——《宋书·乐志三》

[编年]：

汉献帝建安元年（196）正月至八月。

[笺证]：

这两首《善哉行》，是曹操在国家与家庭问题上抒情的佳作。

第一首借歌咏古事，首先表达了他在国家与个人关系上所具的夙愿。一解赞扬古公亶甫，其实是寄望于献帝。二解与三解赞扬太伯、仲雍、伯夷、叔齐的让贤让国，其实是自我表白，决不做董卓之流。四解赞扬仲山甫辅助周宣王中兴，惋惜错杀杜伯，其实是表达个人抱负，愿作仲山甫而又不枉杀一人。五解赞扬齐桓公，因能用管仲而称霸诸侯，尊王攘夷。惋叹管仲死后，错用竖刁，乱了齐国。其实是表白自己为中兴汉室，必用贤才，黜免斥逐竖刁之流，率袁绍等"诸侯"以尊汉帝，如果他们敢称王称

帝，那就要把他们打倒。六解赞扬晏子积德爱才，立身处世，正直不阿，其实是以晏婴自况自勉。七解赞扬管仲在周王等同于诸侯国君的时候，拒绝接受上卿之礼，是又一次表示他对汉室的尊奉，别无他想。

他何以会写出这样一首诗？这从第二首"欣公归其楚"一语，即欢迎汉献帝自长安归来，便可明白了。

按《三国志·毛玠传》记曹操"临兖州"，辟毛玠为治中从事。毛玠对曹操说过一席话：

> 今天下分崩，国主迁移，生民废业，饥馑流亡，公家无经岁之储，百姓无安固之志，难以持久。今袁绍、刘表虽士民众强，皆无经远之虑，未有树基建本者也。夫兵义者胜，守位以财，宜奉天子以令不臣，修耕植，蓄军资，如此则霸王之业可成也。太祖敬纳其言。

按献帝初平二年（191）秋七月，曹操为东郡太守。初平三年（192）春，曹操攻破黑山军于毒等部与匈奴于夫罗军。夏四月，董卓为司徒王允与吕布所杀，关中乱起。青州黄巾百万之众入兖州，杀兖州刺史刘岱。鲍信与州吏万潜等至东郡迎曹操领兖州牧。毛玠向曹操提出"宜奉天子以令不臣"，在曹操"临兖州"之时，即在初平三年。毛玠这项建议是作为"树基建本"之策提出来的，曹操"敬纳其言"，则早在初平三年董卓被杀、曹操领兖州之际，已在考虑奉献帝以令诸侯了。

由于张邈与陈宫叛迎吕布，兖州一度岌岌可危。兖州最后平定，在献帝兴平二年（195）十二月。恰在这一年，献帝东迁，十二月，到了河东郡郡治安邑县城。

"奉天子以令不臣"，是三年前便已定下来的树基建本之策。《三国志·武帝纪》建安元年春正月，曹操率兖州兵进临陈国的武平县，袁术所置陈相袁嗣投降。曹操"将迎天子，诸将或疑"。这个"疑"字包含了许多问题，其中之一便是曹操会不会有董卓之心，会不会取献帝而代之。另外还有袁绍、袁术、刘表等人因曹操迎献帝，可能刮起的种种中伤与诬蒇。这就需要曹操适时明确表态。《善哉行》第一首"古公亶甫"因此产生。

这第一首写得较平淡，却是需要的。第二首"自惜身薄祜（福）"，由思国转入思家，最后又归结为思国，感情洋溢，是抒情诗的上选。而由于将家国恩仇糅合在一起，归结为思国，使这种感情显得十分高洁，诗也就不同凡响。第二首的写出为第一首增色不少。

"琅邪倾侧左"，以琅邪台倾倒于东方比喻父亲曹嵩为徐州牧陶谦所害。"我愿于天穷"，愿问天穹，我何其不幸邪！

按《后汉书·郡国志》徐州琅邪国琅邪县条注："《山海经》云有琅邪台，在勃海间，琅邪之东。郭璞曰：'琅邪临海边，有山嶕雄崄特起，状如高台，此即琅邪台。'"曹操何以会用琅邪台比喻他的父亲呢？

《武帝纪》献帝兴平元年（194）记载："初，太祖父嵩去官后还谯，董卓之乱，避难琅邪，为陶谦所害。"又《曹腾传》记载曹嵩，"及子操起兵，不肯相随，乃与少子疾避乱琅邪，为徐州刺史陶谦所杀"。由此可知琅邪为曹嵩避难之地，此所以以琅邪台比其父也。陶谦所杀，据《武帝纪》注引《世语》"阖门皆死"之言，远不止曹嵩父子二人。

"虽欲竭忠诚，欣公归其楚。"在家仇未雪，痛心疾首之时，忽闻陛下自长安归来。这是大喜事。愁云散去，曹操的脸上出现了欢悦的笑容。他早就想为陛下竭忠尽智，可一直未能如愿。现在好了，有机会率诸侯以朝周，奉天子以令不臣。国家的事，大有可为。家仇比起国恩来又算得了什么？此诗将"欣公归其楚"，紧接于"琅邪倾侧左"写出，由无语问苍天，变为久欲效忠节，显得骨气奇高，动多振绝。

坊间解释"欣公归其楚"，以为是欣喜献帝回到洛阳，殊不知《春秋》襄公二十九年（前544）"公至自楚"之言，是指自楚归来。这里借用，但指献帝自长安归来而已。

据《后汉书·献帝纪》，献帝于兴平二年即曹嵩遇害的次年七月东归。八月至新丰，十月至华阴，十一月至曹阳。十二月至陕县，夜渡河，至安邑，在安邑居停。

《武帝纪》建安元年春正月记曹操"将迎天子，诸将或疑"。在荀彧与程昱的劝说下，"乃遣曹洪将兵西迎。卫将军董承与袁术将苌奴拒险，洪不得进"。

可见曹操在"欣公归其楚"之余，在荀彧、程昱的劝说下，已将西迎献帝，付之于行动。但遭到了董承与袁术将领苌奴的阻挠，被派去西迎献帝的曹洪失败而归。事在建安元年春正月献帝居留安邑之时。

建安元年"秋七月，杨奉、韩暹以天子还洛阳"。自正月至七月，曹操几乎日夜都在焦虑如何往迎献帝的问题。那时想迎献帝的并不止曹操一个。《三国志·袁绍传》记郭图曾说袁绍"迎天子都邺"。注引《献帝传》又记沮授向袁绍进言："宜迎大驾，安宫邺都，挟天子而令诸侯，畜士马以讨不庭，谁能御之！"如何排除阻力，抢先把献帝迎到，实为建安之初，曹操心目中的头等大事。

曹操之所以能成为迎献帝的胜利者，有很多因素，重要的是得到了议郎董昭的帮助。此事在建安元年秋七月杨奉、韩暹迎献帝至洛阳后。《三国志·董昭传》云：

> 会天子还洛阳，韩暹、杨奉、董承及（张）杨各违戾不和，昭以奉兵马最强而少党援，作太祖书与（杨）奉曰："吾与将军闻名慕义，便推赤心。今将军拔万乘之艰难，反（返）之旧都，翼佐之功，超世无俦，何其休哉！方今群凶猾夏，四海未宁，神器至重，事在维辅，必须众贤以清王轨，诚非一人所能独建。心腹四肢，实相恃赖，一物不备，则有阙焉。将军当为内主，吾为外援。今吾有粮，将军有兵，有无相通，足以相济，死生契阔，相与共之。"

曹操非不可以兵威迎献帝，但从董昭代曹操所作与杨奉书可以看出，若临之以兵威，实足以促成杨奉、韩暹、董承、张杨团结一致，共同抗击曹操。单杨奉一人的兵马就很强盛，曹操实无必胜的把握。且如此一来，实足以落人口实，惹得人们大骂他以兵劫持天子。最好的办法自然是董昭书中所说，利用杨奉等人的矛盾，拉拢兵马最强而少党援的杨奉。书中"将军当为内主，吾为外援。今吾有粮，将军有兵，有无相通，足以相济，死生契阔，相与共之"的话，击中了杨奉的要害。杨奉遂与韩暹等"共表太祖为镇东将军，袭父爵费亭侯"。至此，第一步成功。

但要就此便"朝天子于洛阳"，尚有困难。一则无天子之召，无召而往，有胁君之嫌。二则即使要去，兵也不能多带。把兖州兵马都带到洛阳去，那就是与杨奉等人为敌，就是劫持天子。

会韩暹"矜功恣睢，干乱政事，董承患之，潜召兖州牧曹操"（《后汉书·董卓传》）。这给了曹操一个千载难遇的机会，曹操即"将千余人"自许县赴洛，连粮食也不带，轻装急进。过新郑的时候，杨沛"谒见，乃皆进干椹"。（《三国志·贾逵传》注引《魏略·杨沛传》）一到洛阳，便"禀公卿以下，因奏韩暹、张杨之罪。暹惧诛，单骑奔杨奉"（《董卓传》），时杨奉在梁。

曹操之所以只"将千余人，皆无粮"，是因为不想在洛阳待下去，也不能待下去，必须立即将献帝带走，迟则生变。但要带走天子，总得有借口，也是董昭向他献计："宜时遣使厚遗答谢"近在梁地的杨奉，"以安其意。说京都无粮，欲车驾暂幸鲁阳，鲁阳近许，转运稍易，可无县乏之忧"。杨奉此人"勇而寡虑"，赴梁使者被派出之后，曹操即乘杨奉狐疑之余，以迅雷不及掩耳之势，于八月奉献帝自洛阳出缑氏县的轘辕关而东，避开杨奉的狙击，径奔许县。

《善哉行》第二首五解紧接"欣公归其楚"。写"快人曰为叹，抱情不得叙。显行天教人，谁知莫不绪"。六解又写"我愿何时随，此叹亦难处。今我将何照于光耀，释衔不如雨"。这是尚未迎到献帝时曹操心情的写照。"公归自楚"，诚然是件快事，自己也成了快人。然而曹洪西迎献帝失败，虽有满腔情怀，不得与献帝叙说。欲奉天子以教万民，中兴汉室，如仲山甫之辅助周宣王中兴，自然也就落入梦想。心愿何时可遂，光耀何时可照，犹难逆料。忧从中来，不可断绝，难处难释，反不如雨之可停。他这种忧伤，只有到了建安元年八月，在董昭协助下，至洛阳迎出献帝，才告冰释。

结尾二语"今我将何照于光耀，释衔不如雨"，表明诗写在风雨如晦之日。见景生情，"将何照于光耀"，是写实景，又是写迎天子的心愿未遂。天子东归，光不照我，雨有停时，忧无终期。诗是信手拈来，情却跃然纸上。真不愧建安杰作。

以此完全可以断定：这两首《善哉行》，写于建安元年正月曹操派曹洪迎献帝失败，至八月应董承潜召赴洛阳迎献帝之间。

薤　露

惟汉二十二世（自汉高祖至汉灵帝为二十二世，此指汉灵帝），所任诚不良。沐猴而冠带，智小而谋强。犹豫不敢断，因狩执君王。白虹为贯日（《后汉书·五行志六》注引《春秋感精符》：虹贯日，"国多死孽，天子命绝，大臣为祸，主将见杀"），己亦先受殃。贼臣（董卓）持国柄，杀主（少帝）灭宇京。荡覆帝基业，宗庙以燔丧。播越西迁移，号泣而且行。瞻彼洛城郭，微子为哀伤。

——《宋书·乐志三》

[编年]：

汉献帝建安元年（196）八月。

[笺证]：

《古诗归》卷七钟惺论《薤露》云："汉末实录，真诗史也。"评语完全正确。

按《后汉书·何进传》记大将军何进与袁绍共定筹策，欲尽诛宦官，"而以其计白太后（何进异母妹）"。太后母舞阳君与何进弟河南尹何苗"数受诸宦官赂遗，知进欲诛"宦官，"数白太后为其障蔽。又言大将军专杀左右，擅权以弱社稷，太后疑以为然"。何进本人又"素敬惮"宦官威势，"虽外收大名而内不能断"，故事久不决。袁绍又为何进"画策多召四方猛将及诸豪杰，使并引兵向京城以胁太后，进然之"。主簿陈琳指出，如果"征外助,大兵聚会,强者为雄",那就是"倒持干戈,授人以柄,功必不成,只为乱阶"。何进不听。何进假太后诏,西召前将军董卓引兵向京,以胁迫太后。董卓接诏,即时东进。军抵渑池,"而进更狐疑,使谏议大夫种邵宣诏止之"[《资治通鉴》卷五十九中平六年(189)]。他对召外兵以胁迫太后之策,又怀疑了。袁绍害怕何进变卦,逼迫何进早决。迁延再三,计谋泄露,外兵未至,何进反被宦官杀死。袁绍时为司隶校尉,闻变"勒兵捕宦者,无少长皆杀之"。张让等困迫,"遂将(少)帝与陈留王数十人"奔小平津。张让等被杀,公卿迎天子还宫。董卓已到洛阳,在邙山截住了少帝。从此东汉进入了"贼臣持国柄"的时期。

何进真可谓"沐猴而冠带,智小而谋强",其"犹豫不敢断",以致在少帝被张让劫持、被董卓害死之前,他自己先已遭殃,为宦官所杀。

替何进画策杀宦官的是袁绍。此计不售,为何进画策召外兵以胁迫太后的,又是袁绍。此人计智若何?曹操说过:"吾知绍之为人,志大而智小,色厉而胆薄,忌克而少威。"则《薤露》"沐猴而冠带,智小而谋强",既指何进,亦指袁绍。此之谓"所任诚不良"也。

董卓胁迫太后,废掉少帝,立了献帝,放纵士兵,淫略妇女,剽虏资物,谓之"搜牢"。太后为董卓所酖,宫廷从此遭殃。"卓悉取藏中珍物,又奸乱公主,妻略宫人。"洛阳附近,灾情惨重。董卓"常遣军至阳城,时人会于社下,悉令就斩之,驾其车重,载其妇女,以头系车辕,歌呼而还"。(引见《后汉书·董卓传》)蔡琰《悲愤诗》云:

> 卓众来东下,金甲耀日光。平土人脆弱,来兵皆胡羌。猎野围城邑,所向悉破亡。斩截无孑遗,尸骸相撑拒。马边悬男头,马后载妇女。(《后汉书·列女传》)

这充分表现了董卓与董卓所率领的羌胡兵的落后性与野蛮性。

关东州郡以袁绍为首,起兵讨伐董卓。董卓在洛阳待不下去了,于是酖杀被废为弘农王的少帝刘辩,胁迫献帝西迁长安,并"尽徙洛阳人数百万口"随献帝西行。道中"步骑驱蹙，更相蹈藉，饥饿寇掠，积尸盈路"。董卓自己还不走，留在毕圭苑中。他留下来是要彻底破坏洛阳。他在留居期间，下令"悉烧宫庙、官府、居家，二百里内无复孑遗。又使吕布发诸帝陵及公卿以下冢墓，收其珍宝"。活人活不了，死人也免不了要受罪。

《薤露》"贼臣持国柄，杀主灭宇京。荡覆帝基业，宗庙以燔丧。播越西迁移，号泣而且行"，有哪一件不是历史事实？

结尾"瞻彼洛城郭，微子为哀伤"。《史记·宋微子世家》记微子路过殷故都，看到宫室毁坏，长满麦秀，十分悲痛，遂作《麦秀歌》，以抒发他对故国的哀思。这里是借用来写作者咏挽歌《薤露》之诗，痛悼洛阳故都。二语"莽苍悲凉，气盖一世"（方东树语，见《昭昧詹言》卷二）。

据《后汉书·献帝纪》，初平元年（190）春正月，关东州郡起兵讨伐董卓。二月，迁都长安，董卓尽驱洛阳百姓西入关中，自留毕圭苑。三月，董卓焚烧洛阳宫庙及百姓人家。初平二年（191）二月，董卓发掘洛阳诸帝陵墓。四月，董卓入长安。曹操参加了初平元年正月关东州郡兵对董卓的讨伐，但只在荥阳汴水与董卓部将徐荣打过仗，未至洛阳。后至扬州募兵，进屯河内。董卓入长安之后，曹操东进，据有兖州。这已到了兴平二年（195）。献帝于建安元年秋七月回到洛阳，"是时宫室烧尽，百官披荆棘，依墙壁间"（据《资治通鉴》）。八月，曹操"遂至洛阳"（据《三国志·武帝纪》），迎天子。自董卓"杀主灭宇京"，到建安元年八月，曹操才重到洛阳。"瞻彼洛城郭，微子为哀伤"，正是写他重睹洛阳城郭，心中所兴起的哀伤。由重睹洛阳城郭而追忆往昔一段悲惨的历史，遂有《薤露》全诗之作。

由此可以断定：《薤露》作于建安元年八月曹操重到洛阳，望见洛阳城郭之日。

《薤露》的艺术价值在于：它既是一首史诗，又是一首抒情诗，寓情于史，又寓史于情。"瞻彼洛城郭，微子为哀伤"二语，写尽了作者对董卓以来悲惨历史的痛悼之情。寓情于史，是史诗的一个开创。现实主义精神得到了高度的发扬。

短歌行·对酒当歌

对酒当歌，人生几何，譬如朝露，去日苦多。慨当以慷，忧思难忘，何以解忧，唯有杜康。青青子衿，悠悠我心，但为君故，沉吟至今。呦呦鹿鸣，食野之苹，我有嘉宾，鼓瑟吹笙。明明如月，何时可掇，忧从中来，不可断绝。越陌度阡，枉用相存，契阔谈宴，心念旧恩。月明星稀，乌鹊南飞，绕树三匝，何枝可依？山不厌高，海不厌深，周公吐哺，天下归心。

——梁昭明太子萧统《文选》唐六臣注本卷二十七《乐府》

[编年]：

汉献帝建安元年（196）八月至十二月。

[笺证]：

此诗是建安元年八月曹操迎献帝都许县之后招贤，在迎宾宴会上宾主酬唱之辞。全诗共三十二句，八句为一组。第一、第三两个八句，为宾客所唱的献辞；第二、第四两个八句，为主人曹操所唱的答辞。我写过《解开千年之谜〈短歌行·对酒当歌〉》一文，详论其事。此文收入北京大学出版社1989年版《纪念陈寅恪先生诞辰百年学术论文集》中。今将此文全录于次，以作《短歌行·对酒当歌》一诗的笺证（见附录）。

蒿里行

关东有义士，兴兵讨群凶。初期会孟津，乃心在咸阳（《尚书·康诰》："虽尔身在外，乃心罔不在王室。"）。军合力不齐，踌躇而雁行。势利使人争，嗣还自相戕。淮南弟（袁术为袁绍从弟）称号，刻玺于北方。铠甲生虮虱，万姓以死亡。白骨露于野，千里无鸡鸣。生民百遗一，念之绝人肠。

——《宋书·乐志三》

[编年]：

汉献帝建安二年（197）七月，东征袁术途中。

[笺证]：

沈德潜《古诗源》卷五论曹操《蒿里行》云："此咏关东诸侯，军合四句，足尽诸人心事；白骨四句悲哀。笔下整严，老气无敌。"说得十分中肯。《蒿里行》与《薤露》同是乐府曲调名，同属送葬的挽歌。曹操这两首诗将洛阳城的破坏、人民的死亡，与汉末政治现实紧密地结合起来，愤慨与痛悼之情感人至深，堪称现实主义的名篇。

《蒿里行》是斥责关东诸侯之作。曹操与关东诸侯是一丘之貉呢，还是有所不同呢？这个问题不仅关系到对曹操的评价，而且关系到对《蒿里行》的认识，故此在笺证中将予以说明。

汉献帝初平元年（190）春正月，关东州郡起兵讨伐董卓。《三国志·

武帝纪》记载此月同时起兵的有后将军袁术、冀州牧韩馥、豫州刺史孔伷、兖州刺史刘岱、河内太守王匡、勃海太守袁绍、陈留太守张邈、东郡太守桥瑁、山阳太守袁遗、济北相鲍信。"众各数万,推(袁)绍为盟主。"此《蒿里行》所说"关东有义士,兴兵讨群凶"也。"义士"是对关东诸侯的褒称,"群凶"指董卓一伙。袁绍自号车骑将军,主盟。

孟津,古黄河渡口,在今河南孟县(今河南孟州市)南。相传周武王伐纣,曾在孟津与诸侯会盟。咸阳为秦都。

或谓"初期会孟津,乃心在咸阳",意指关东兵马本来打算与周武王会师孟津进兵朝歌一样,联合起来,向洛阳进军。此说拘泥于典故,而未明曹操诗的写实精神。

按曹丕《典论·自叙》曾说到时人大兴义兵,讨伐董卓:

> 兖豫之师,战于荥阳,河内之甲,军于孟津,卓遂迁大驾西都长安。

《后汉书·袁绍传》载袁绍于建安元年(196)所上献帝书,也说道:

> 故遂引会英雄,兴师百万,饮马孟津,歃血漳河。

则"初期会孟津"一语,正是写实之作。但与周武王大会诸侯于孟津,又相暗合,意境深远。"初期"之"期",虽有"期望"之意,但这种期望,已经变成现实。

二月,董卓徙献帝都长安,"乃心在咸阳",也就不只在洛阳,而且在长安了。

"军合力不齐,踌躇而雁行。势利使人争,嗣还自相戕",这四语借鉴文章较多。

其时,袁绍屯于河内,张邈、刘岱、桥瑁、袁遗屯于酸枣(属陈留郡),袁术屯于南阳,孔伷屯于颍川,韩馥留在邺城(属魏郡)。其中酸枣之兵较多，达十余万。但并未全部会合，袁绍实际上也指挥不动关东兵马。

董卓留屯洛阳，焚烧宫室、民家。袁绍等人打的虽都是讨伐董卓的旗号，可却无人敢于先向洛阳进兵。这有两个原因，一是他们都想趁机树植自己的势力，二是他们都怕打不赢董卓。袁绍问过曹操："若事不辑，则方面何所可据？"曹操反问他："足下意以为何如？"他说："吾南据河，北阻燕代，兼戎狄之众，南向以争天下，庶可以济乎？"[《武帝纪》建安九年（204）] 袁绍的害怕心理与个人野心，在这番话里，表露无遗。

曹操以行奋武将军参加了关东州郡讨伐董卓的联盟。他对袁绍等人的观望态度颇为不满，曾质问袁绍等人：

> 举义兵以诛暴乱，大众已合，诸君何疑？向使董卓闻山东兵起，倚王室之重，据二周之险，东向以临天下，虽以无道行之，犹足为患。今焚烧宫室，劫迁天子，海内震动，不知所归，此天亡之时也。一战而天下定矣，不可失也。（《武帝纪》）

可袁绍等人就是不动。

曹操遂带兵单独采取行动，欲据成皋以逼洛阳。到荥阳汴水，与董卓的将领徐荣打了一仗。这仗打得很坚决，也很艰苦。《宋书·乐志四》有一首《战荥阳》曲记其事，曲云：

> 战荥阳，汴水陂。戎士愤怒，贯甲驰。阵未成，退徐荣。二万骑，堑垒平。戎马伤，六军惊。势不集，众几倾。白日没，时晦冥。顾中牟，心屏营。同盟疑，计无成。赖我武皇，万国宁。

"同盟疑，计无成"，是关东州郡起兵讨伐董卓"军合力不齐，踌躇而雁行"的写照。在同盟疑，计无成中，曹操能与董卓的将领徐荣在荥阳汴水打一次恶仗，而且是主动求战，虽败犹荣。

荥阳之战以后，曹操到了酸枣。酸枣屯兵十余万，而张邈等人却"日置酒高会，不图进取"。曹操责骂他们，并向他们提了一个建议：

> 诸君听吾计，使勃海（袁绍）引河内之众，临孟津；酸枣诸将守成皋，据敖仓，塞轘辕、太谷，全制其险；使袁将军（袁术）率南阳之军军丹、析，入武关，以震三辅。皆高垒深壁，勿与战，益为疑兵，示天下形势，以顺诛逆，可立定也。今兵以义动，持疑而不进，失天下之望，窃为诸君耻之。（《武帝纪》初平元年）

这个建议没有要求关东军立即与董卓交战，是可行的，也是可以接受的，然而张邈等人却当耳边风。

在这种情况下，曹操到扬州募兵去了。等他回到河内，关东军已经分裂。兖州刺史刘岱与东郡太守桥瑁相恶，刘岱杀了桥瑁，以王肱领东郡太守。袁绍则与冀州牧韩馥谋立幽州牧刘虞为皇帝，另建朝廷。袁绍把他的主张告诉来到河内的曹操，曹操坚决反对，对袁绍等人说：

> 董卓之罪，暴于四海，吾等合大众，兴义兵，而远近莫不响应，此以义动故也。今幼主微弱，制于奸臣，未有昌邑亡国之衅，而一旦改易，天下其孰安之？诸君北面，我自西向。（《武帝纪》注引《魏书》）

"诸君北面，我自西向"，说得好极了。

刘虞登基的戏没有演成，袁绍却从韩馥手上取得了冀州。倒是袁术过了准皇帝瘾。

《后汉书·袁术传》记袁术后来到了淮南，"建安二年，因河内张炯符命，遂果僭号，自称仲家（仲或作冲）"。此《蒿里行》所说"淮南弟称号"也。

仲家不是皇帝。曹操在建安十五年（210）所写《让县自明本志令》中写道："袁术僭号于九江（淮南），下皆称臣。……志计已定，人有劝术使遂即帝位，露布天下，答言：'曹公尚在，未可也。'"可见袁术是称号而不是称帝。坊间注释曹操诗，说袁术称"帝"，误。

"刻玺于北方"何解？

《武帝纪》初平元年，记袁绍"又尝得一玉印"，于曹操坐中举向其肘，曹操"由是笑而恶焉"。初平二年（191）春，袁绍、韩馥"遂立（刘）虞为帝，虞终不敢当"。袁绍时在河内，刘虞为幽州牧。或谓"刻玺于北方"，指袁、韩谋立刘虞为帝而言，但河内非北方，地点不合。刘虞既然"终不敢当"，可见他也并未在北方刻玺。

《武帝纪》记初平二年秋七月，袁绍从韩馥手上取得冀州。从此袁绍可说身在北方了。《三国志·袁术传》注引《魏书》记袁术"归帝号于绍"，袁绍"阴然之"。事在建安三年（198）。《三国志·袁绍传》注引《典略》又记袁绍曾私使主簿耿苞密白："赤德衰尽，袁为黄胤，宜顺天意。"则自初平年间，袁绍得一玉印以来，先虽假惺惺谋立刘虞为帝，后取得冀州，他便想自立了。史乘未载袁绍取得冀州以后，"刻玺于北方"。《蒿里行》"刻玺于北方"之言，我想倒可补史乘之阙。

《蒿里行》"势利使人争，嗣还自相戕"二语，真可谓看透了袁绍等人的势利心。

这段历史，很可说明在对待董卓的问题上，曹操的态度与袁绍等人有所不同。袁绍等人有私心，而于曹操，看不出他私心何在。因此，他未卷入"势利使人争"中。也正因他未卷入势利使人争中，他才能写出《蒿里行》这首现实主义的名作。

《蒿里行》中写势利使人争，只写到"淮南弟称号，刻玺于北方"，未写到建安三年破吕布，建安四年（199）袁术之死。因此可以判断此诗之作，当在袁术称号之年，即建安二年，但还须证明。袁绍刻玺于北方，当在初平二年至建安二年间。虽未称号，亦写一笔。

考之史乘，建安二年，是蝗虫、水旱灾情极为严重的一年，而尤以袁术所据的江淮间为甚。《后汉书·献帝纪》记建安二年"夏五月，蝗；秋九月，汉水溢。是岁饥，江淮间民相食"。《后汉书·袁术传》亦记这年

"天旱岁荒，士民冻馁，江淮间相食殆尽"。真可谓"万姓以死亡"。而建安三、四、五年，则无记述。

《武帝纪》记建安二年秋七月，袁术侵陈，曹操自许昌东征，袁术闻曹操"自来，弃军走，留其将桥蕤、李丰、梁纲、乐就"。曹操到，击破桥蕤等，皆斩之，引兵追击袁术，袁术"走渡淮"，曹操才还军。

《蒿里行》"铠甲生虮虱，万姓以死亡。白骨露于野，千里无鸡鸣。生民百遗一，念之绝人肠"，写的是征途所见与感伤。曹操于建安二年秋七月东征袁术，直至淮水流域，这首诗中所记他在征途中见到的民间的悲惨情况，与《后汉书》之《献帝纪》《袁术传》所记建安二年的严重灾情，饿殍遍野，江淮间民相食殆尽，正相符合。当然，这种情况主要不是由天灾而是由人祸造成。

由此可以断定，《蒿里行》必作于建安二年，具体一点说，作于建安二年七月东征袁术途中。这是马背上之作。

《蒿里行》的艺术价值：

此诗对汉末两个最大最复杂的问题作了高度的概括、紧密的浓缩，而描述又极为具体生动，非大手笔不能至此。这两个问题，一为复杂的军阀相戕，二为悲惨的民生疾苦。尤其是后者，"铠甲生虮虱，万姓以死亡。白骨露于野，千里无鸡鸣。生民百遗一"五语，是汉末的一幅战争不断、万姓死亡图。他写的是征途所见，反映的却是汉末整个社会面貌。《文献通考》卷十《户口一》云：

> 兴平、建安之际，海内荒废，天子奔流，白骨盈野。……人众之损，万有一存。

观《蒿里行》所绘，不失为一首极佳的史诗。《薤露》尚只哀伤洛阳的残破，这一首却肠断白骨、遗民，而又是真史、情诗。既与军阀相戕，作了天衣无缝的结合，又将个人断肠感情，编织入诗。较之世界上乘史诗，又岂止不逊色而已。

谣俗词

瓮中无斗储，发箧无尺缯。友来从我贷，不知所以应。

——《初学记》卷十八《贫》

[编年]：

汉献帝建安四年（199）。

[笺证]：

诗中所描述的贫户，属于自由农阶层。

按曹操自迎献帝都许到建安五年（200）官渡之战以前，先后制定了屯田之制、远域新邦之典与减轻自由农负担的田租户调"新科"。新科的制定，显然是因为他对自由农的贫困问题已有认识。而《谣俗词》所反映的，正是自由农的贫困。

新科究竟何年制定，是一个问题。《三国志·何夔传》说到何夔迁长广太守，青州刺史"袁谭就加以官位"。又说："是时太祖始制新科，下州郡又收租税绵绢。夔以郡初立，近以师旅之后，不可卒绳以法。"上言"此郡宜依远域新邦之典"，"比及三年，民安其业，然后齐之以法"。《资治通鉴》系此事于建安五年官渡之战以前。

考长广本为县，属徐州琅邪郡，后改属青州东莱郡。（见《后汉书·州郡志四》）建安三年（198）十二月，曹操攻占下邳（属徐州东海郡），破吕布，分徐州之琅邪、东海及青州之北海为城阳、利城、昌虑三郡（见

《三国志·武帝纪》）。袁谭为青州刺史，据《三国志·袁绍传》，是在攻灭公孙瓒之时，即在建安四年三月。据此可知，长广郡是在城阳等三郡之外再增加的一个郡。建立的时间必为建安四年。《何夔传》中说的"是时太祖始制新科"的"是时"二字，亦必为建安四年无疑。

所谓"新科"，包含了三个内容：

一、"其收田租亩四升，户出绢二匹、绵二斤而已，他不得擅兴发"。

二、"九品相通"。按《初学记》卷二十七《宝器部》引《晋故事》说道："书为公赋，九品相通，皆输入于官，自如旧制。"从"自如旧制"四字来看，西晋公赋的九品相通的办法，显然是曹魏旧制，首创者为曹操（见下）。只是曹操所定租按亩数多少，调按户等高低。"九品"即九个户等，绢二匹、绵二斤是一个平均定额，即中中户应出之数。中中以上四个户等调高于平均定额，以下四个户等调低于平均定额。

三、官吏无免税特权。据《三国志·曹洪传》注引《魏略》：

> 初，太祖为司空时，以己率下，每岁发调，使本县平资。于时，谯令平（曹）洪资财与公家等，太祖曰："我家资那得如子廉（曹洪字）邪！"

"本县平资"，即按资财多少分出本县九个户等，以按九品相通之法，交纳户调。谯县评定曹洪资财与曹操家资相等，户同属一个等第，表明即使官如司空曹操，也无免税特权。

在这种新科下，负担比较均平，自由农可以松一口气。

以此，谓《谣俗词》这首反映自由农贫困的诗，写于新科制定之年，即建安四年，虽不中，亦不远矣。

此诗价值在于，寥寥二十字，五字一句，虽然平仄不调，尚未形成绝句，但已开南朝乐府民歌之风。而在此二十字中，自然流露出作者对贫困农户的同情。他这种思想感情，与《蒿里行》肠断白骨、遗民一致。

董卓歌

德行不亏缺，变故自难常。郑康成行酒，伏地气绝，郭景图命尽于园桑。

——《三国志·袁绍传》注引《英雄记》

[编年]：

汉献帝建安八年（203）。

[笺证]：

《后汉书·郑玄传》记郑玄之死云：

> 时袁绍与曹操相拒于官渡，令其子谭遣使逼玄随军，不得已，载病到元城县，疾笃不进。其年（建安五年）六月卒，年七十四。遗令薄葬，自郡守以下尝受业者缞绖赴会千余人。

郑玄被称为"纯儒，齐鲁间宗之"，可称为"德行不亏缺"之最。但"变故自难常"，他还是死了，而且是在行酒的时候，突然伏地气绝。

诗中之意，是德行并不可靠，反映出当时在德行问题上有过争论。曹操一向认为靠得住的是才。早在与袁绍共同起兵之时，他便对袁绍说过"吾任天下之智力"的话。他写信给荀攸，也说："方今天下大乱，智士劳心之时也。"（《三国志·荀攸传》）荀彧说他用人"唯才所宜"（《三国志·荀彧传》）。然而，也有人认为应该尚德行，对曹操用人"唯才所宜"，抱着怀疑甚至否定的态度。争论在建安八年爆发。

《三国志·武帝纪》建安八年注引《魏书》所载曹操下达的《庚申令》云：

> 议者或以军吏虽有功能，德行不足堪任郡国之选，所谓"可与适道，未可与权"。管仲曰："使贤者食于能则上尊，斗士食于功则卒轻于死，二者设于国则天下治。"未闻无能之人，不斗之士，并受禄赏，而可以立功兴国者也。故明君不官无功之臣，不赏不战之士。治平尚德行，有事赏功能。论者之言，一似管窥虎欤！

此令表明建安八年因"郡国之选"，在德才问题上，将某些人郁积在心头的对曹操"唯才所宜"的不满情绪，引发了出来。《董卓歌》实际上是在提醒那些标榜德行的人，即使德行不亏缺如纯儒郑玄，又能如何？一个人如果缺乏才智，徒具所谓德行，又安能办好郡国的事?！

以此可以断定《董卓歌》作于建安八年。这年是郑玄死后三年，人们对他记忆犹新。

郭景图生平不详，要知亦必为"德行不亏缺"者。"命尽于园桑"，从郑玄行酒伏地气绝来看，当亦非好死。

谈一下《董卓歌》这一题目。

《董卓歌》即《董逃》《董逃行》，属汉相和歌清调曲。曹操采用《董卓歌》以写"德行不亏缺"的人如纯儒郑玄，含有深意。按《乐府诗集》卷三十四《相和歌辞九·董逃行》序云：

> 崔豹《古今注》曰："《董逃歌》，后汉游童所作也。终有董卓作乱，卒以逃亡。后人习之为歌章，东府奏之以为儆诫焉。"《后汉书·五行志》曰："灵帝中平中，京都歌曰：'承乐世，董逃。游四郭，董逃。蒙天恩，董逃。带金紫，董逃。行谢恩，董逃。整车骑，董逃。

垂欲发,董逃。与中辞,董逃。出西门,董逃。瞻宫殿,董逃。望京城,董逃。日夜绝,董逃。心摧伤,董逃。'按'董'谓董卓也。言欲(一作虽)跋扈,纵有残暴,终归逃窜,至于灭族也。"

此之谓《董逃歌》或《董卓歌》。董卓怒甚,曾予禁绝,禁绝不了,只有把《董逃》改为《董安》。

曹操以这样一首歌曲,来写"德行不亏缺"的人,写"纯儒",岂非将世所认为的有德之士,视同"董逃"?曹操用人唯才所宜,唯才是举,鄙薄德行。在建安二十二年(217)的第三次求贤令中,他明言"负污辱之名,见笑之行,或不仁不孝而有治国用兵之术,其各举所知,勿有所遗"。他对所谓"德行"卑视之深可以知矣。《董卓歌》以诗的形式生动地体现了他这种思想,不可等闲视之。

苦寒行

北上太行山，艰哉何巍巍。羊肠坂诘屈，车轮为之摧。一解
树木何萧瑟，北风声正悲。熊罴对我蹲，虎豹夹道啼。二解
溪谷少人民，雪落何霏霏。延颈长叹息，远行多所怀。三解
我心何怫郁，思欲一东归。水深桥梁绝，中道正徘徊。四解
迷惑失径路，暝无所宿栖。行行日以远，人马同时饥。五解
担囊行取薪，斧冰持作糜。悲彼东山诗，悠悠使我哀。六解

——《宋书·乐志三》

[编年]：

汉献帝建安十一年（206）正月。

[笺证]：

此诗前人定为曹操征高干时所作，无疑是对的。

按曹操于建安九年（204）八月打下邺城，袁绍之甥并州牧高干以州降。建安十年（205）四月，三郡乌丸攻犷平，高干乘此又以州叛。执上党太守，举兵守壶关口。曹操派乐进、李典往击高干。乐进"从北道入上党，回出其后"（《三国志·乐进传》）。高干还守壶关城，乐进连攻不下。

建安十一年正月，曹操亲自往征高干。《苦寒行》即写于太行山行军途中。"苦寒"，新春刚至，严冰未解也。

一解"羊肠坂",世以为即在上党壶关县。其实隋炀帝早已驳之。《隋书·崔廓传》附《子赜传》云:

> 从驾(炀帝)登太行山,诏问赜曰:"何处有羊肠坂?"赜对曰:"臣按《汉书·地理志》,上党壶关县有羊肠坂。"帝曰:"不是。"又答曰:"臣按皇甫士安撰《地书》云:太原北九十里有羊肠坂。"帝曰:"是也。"因谓牛弘曰:"崔祖睿所谓问一知二。"

由此可知羊肠坂在并州太原县北九十里,不在上党壶关县。曹操所走的路线不是直指壶关,而是从北道回出其后。此路线正是乐进所走的路线。

三解"溪谷少人民,雪落何霏霏。延颈长叹息,远行多所怀"。看来内中没什么文章,其实,他想到了并州风俗寒食之害,应当禁绝。《后汉书·周举传》写道:

> 太原一郡,旧俗以介子推焚骸有龙忌之禁,至其亡月,咸言神灵不乐举火。由是士民每冬中辄一月寒食,莫敢烟爨。老小不堪,岁多死者。

可知寒食之俗,由来已久,危害极大,岁多死者。

又《艺文类聚》卷四《寒食》记有魏武帝《明罚令》,此令云:

> 闻太原、上党、西河、雁门冬至后百五日,皆绝火寒食,云为介子推。且北方沍寒之地,老少羸弱,将有不堪之患。今到,人不得寒食。若犯者,家长半岁刑,主吏百日刑,令、长夺一月俸。

寒食,《周举传》说是"冬中辄一月",曹操说是"冬至后百五日",这正是"苦寒"之时,在这种时日,绝火寒食,老少羸弱不堪其苦,焉有不死的道理。

曹操于建安十一年正月往征高干，途经太原、上党之地。以《明罚令》"冬至后百五日，皆绝火寒食"推算，他途经之日，这两郡人民尚在寒食中。"溪谷少人民，雪落何霏霏"，就不止是眼前实景而已。"延颈长叹惜，远行多所怀"，已包含了对并州人民死于绝火寒食的惋叹。并州平定后，他终于下达了禁止绝火寒食的《明罚令》。

六解"悲彼东山诗，悠悠使我哀"，含有以周公自比之意。管、蔡之叛，周公东征，历经三年。《东山》诗相传是在回来的路上，战士思念家乡之作，第三章云：

> 我徂东山，慆慆（滔滔）不归。我来自东，零雨其濛。鹳鸣于垤，妇叹于室。洒扫穹窒，我征聿至（忽至）。有敦（音堆）瓜苦，烝（众多）在栗薪。自我不见，于今三年。（《诗经·豳风》）

此所谓"三年不见，东山犹叹"也。曹军中多谯沛之兵。建安七年（202）"军谯"，回过一次家乡。至建安十一年，已四年未到家乡了。真可谓"悲彼东山诗，悠悠使我哀"。

《苦寒行》全诗一解至三解，写山区风雪行军，只看到熊罴、虎豹蹲坐啼啸，鲜见人迹，兴起心怀与叹息。"远行多所怀"，并州的一切，如高干、寒食，都涌上他的心头。他也正是为并州的统一与把他正在推行的改革政策推行到并州而来。行军虽然艰苦，然而还是向前走吧。四解至六解笔锋一转，写日暮天寒，人马同饥，征夫取薪，斧冰作糜，不由兴起思念故乡之情。三年不见故乡，东山犹叹，况我四年未归，思何可支。此诗结语到《东山》诗，不由思想情怀由国家降到家室，将对家、国两种感情结合起来。《东山》诗写战士思家，非止一日，但东征管、蔡为重，不打胜仗，何能回乡？《苦寒行》引此诗寓有不平高干不东归之意。这种将家、国两种感情结合在一起的写法，使情在此诗中，显得特别真实，既照应了前三解，又使前三解的思绪得到了填补与充实。这不是感情的沉落，而是感情的升华。如果视此诗仅是一首初春寒冷季节，行军途中的思家诗，就降低此诗的价值了。

全诗是两幅图画的结合，一幅是风雪行军图，一幅是思国念家图。陈祚明评此诗"写征人之苦，淋漓尽情，笔调高古，正非子桓（曹丕）兄弟所能及"（《采菽堂诗集》卷五），岂真得此诗三昧哉？

步出夏门行

云行雨步，超越九江之皋，临观异同。心意怀游豫，不知当复何从。经过至我碣石，心惆怅我东海（指渤海）。艳

东临碣石，以观沧海。水何澹澹，山岛竦峙。树木丛生，百草丰茂。秋风萧瑟，洪涛涌起。日月之行，若出其中。星汉灿烂，若出其里。幸甚至哉！歌以咏志。《观沧海》一解

孟冬十月，北风裴回。天气肃清，繁霜霏霏。鹍鸡晨鸣，鸿雁南飞。鸷鸟潜藏，熊罴窟栖。钱镈停置，农收积场。逆旅整设，以通贾商。幸甚至哉！歌以咏志。《冬十月》二解

乡土不同，河朔隆寒。流澌浮漂，舟船行难。锥不入地，蘴藾深奥。水竭不流，冰坚可蹈。士隐者贫，勇侠轻非。心常叹怨，戚戚多悲。幸甚至哉！歌以咏志。《河朔寒》三解

神龟虽寿，犹有竟时。腾蛇乘雾，终为土灰。老骥伏枥，志在千里。烈士暮年，壮心不已。盈缩之期，不但在天。养怡之福，可得永年。幸甚至哉！歌以咏志。《龟虽寿》四解

——此诗引自《宋书·乐志三》，据《魏武帝集》卷三等修正

[编年]：

自汉献帝建安十二年（207）九月北征乌丸还军，至建安十三年（208）正月还抵邺城前，四个月间。

[笺证]：

艳。按曹操于建安十二年三月北征乌丸，至于易县。易县，前汉属涿郡，后汉省。曹操于路上曾派人前往右北平郡徐无县徐无山中去请田畴。田畴见曹操于易县。五月，到达右北平的郡治无终。"时方夏水雨，而滨海洿下，泞滞不通，虏亦遮守蹊要，军不得进。"用田畴之策，上徐无山，出卢龙塞，登白狼堆，直指柳城（属昌黎郡）。（《三国志·田畴传》）八月，登白狼山，与敌遭遇。曹操纵兵击之，一举打垮袁尚、蹋顿数万骑，斩蹋顿，降者二十余万口。袁尚兄弟逃往辽东。曹军进驻柳城。九月，曹操引兵自柳城还，袁尚兄弟为辽东公孙康所杀，传其首于曹操。艳："经过至我碣石，心惆怅我东海。"不是进军途中而是还军途中经过碣石。进军时沿海道路不通，走的是出卢龙之路。九月还军，水雨已止，自可从容取海边之路了。

碣石，《后汉书·郡国志五》辽西郡临渝县章怀太子注云：

　　《山海经》曰："碣石之山，绳水出焉，其上有玉，其下多青碧。"《水经》曰："在县南。"郭璞曰："或曰在右北平骊城县，海边山也。"

九月已至深秋，曹操临碣石以望勃海，不禁兴起惆怅之情。他说的"心惆怅"，是想起北征之前，诸将以为"今深入征之，刘备必说刘表以袭许。万一为变，事不可悔"。惟有郭嘉，"策表必不能任备，劝公行"。（《三国志·武帝纪》）及至进军至无终，遇到大水雨，沿海道不通，诸将复有异同。心怀犹豫，令人有不知何从之感。此即"云行雨步，超越九江之皋（喻水雨之大），临观异同。心意怀游豫，不知当复何从"的正义。

《观沧海》一解。钟惺评云："直写其胸中、眼中一段笼盖吞吐气象。"谭元春评云："亦自有'五岳起方寸，隐然讵能平'意。"（《古诗归》卷七）他们的评论，可谓独具只眼。

此诗抓住了大海中最富有表现力的事物形象，让它们跟自己的心灵融合，再加以提炼升华，开创了前人未曾开辟的境界。那是一种自然美与精神妙合无垠的美境，达到了浪漫主义的极高水准。

诗中一方面描写了山岛耸峙，草木丰茂，尽管秋风萧瑟，苍茫寥廓，波涛汹涌，处于汪洋大海之中，但依然独立而不群，巍然而不动，自成一片郁郁葱葱的繁盛世界；另一方面又描写了日月河汉，风摇浪涌，天影波光，似乎它们就在大海中运行，从波涛中涌出。在这种高度浓缩的意境里，物我皆同，浑然一体，鲜明地展现了诗人那种有吞吐宇宙气概的广阔胸怀。

就我国山水诗的形成来讲，此诗实开南朝山水诗的先河。

《冬十月》二解。按曹操建安十二年九月自柳城还军，经过碣石，十一月至易水。此诗写了时令"孟冬十月"，可见此诗是在从碣石至易水的行军路上所写。

《冬十月》与下一首《河朔寒》也都是情景交融的佳作。《冬十月》自"孟冬十月"至"农收积场"，写出了初冬北方的一片萧然景象。然而"逆旅整设，以通贾商"，在萧煞中也有生机。从此诗我们能感觉到战争在北方已成往事，春暖将代替冬寒。

《河朔寒》三解。按《武帝纪》注引《曹瞒传》记曹操自柳城还军，"时寒且旱，二百里无复水，军又乏食，杀马数千匹以为粮，凿地入三十余丈乃得水"。诗中所写"河朔隆寒""锥不入地""水竭不流，冰坚可蹈"，是当时行军艰苦的真实写照。

自"士隐者贫"忽然一转，想到天寒地冻之时，北方隐士的贫居与勇侠的轻非，就不单是写行军的艰苦了，意境陡然扩大，骨气亦随之拔高。曹操诗的价值也在于此。

《龟虽寿》四解。此首反映了曹操在北征乌丸取得成功后，又准备南进，以统一南北方的思想感情。

《庄子·秋水》："吾闻楚有神龟，死已三千岁矣。"此所谓"神龟虽寿，犹有竟时"也。《韩非子·难势》："慎子曰：'飞龙乘云，腾蛇游雾，云罢雾霁，而龙蛇与蚓蚁同矣。'"此所以"腾蛇乘雾，终为土灰"也。建安十三年，曹操已五十四岁了。人总是要死的，但事业不可终止。"老骥伏枥，志在千里。烈士暮年，壮心不已"，正是写他并不满足于已有的成就和北方的统一，南方等地，犹待他去平定，此所谓"志在千里""壮心不已"也。衰老是可以延缓的。"盈缩之期，不但在天。养怡之福，可得永年"，是说命可造，寿可延。谭元春说："不但在天"之句，使"腐儒吐舌"，"及读下二句，始知真英雄无欺人语"（《古诗归》卷七）。怎么会令"腐儒吐舌"呢？因为这四句喊出了与天争年之声。诸葛亮评曹操之所以能一统北方，是因为"非惟天时，抑亦人谋"。曹操喊出"盈缩之期，不但在天。养怡之福，可得永年"，也就是要用人谋来与天时抗衡，把寿命延长下去，以在有生之年，实现所有抱负。

第四解写于何时？

按《三国志·邴原传》引《原别传》说曹操"北伐三郡单于，还住昌国（属齐国），宴士大夫"。酒酣，曹操言道："孤反（返），邺守诸君必将来迎。今日明旦，度皆至矣。其不来者，独有邴祭酒耳。"可是"言讫未久，而原先至，门下通谒"。曹操大为惊喜，"揽履而起，远出迎原"。曹操奏凯归来，"邺守诸君"至昌国来迎，连祭酒邴原也来了。此时的曹操真可谓"飞扬跋扈为谁雄"，豪气百倍。惟有此时此际，乃能写出老骥志在千里，烈士壮心不已，及与天争寿的壮语。他还驻昌国在建安十二年十一月至易水后，建安十三年春正月还邺城前。因此可以断定《步出夏门行》第四解写在建安十二年十一月至十二月到达昌国暂驻之日。

《步出夏门行》"艳"写北征乌丸，到达无终，连逢水雨，海道不通，当日的犹豫与惆怅心情。此行结果很难预料。可是，胜利之取得，非惟天时，抑亦人谋。他终于击败乌丸及与乌丸勾结的袁尚、袁熙，连辽东公孙康也诚惶诚恐，表示归服。从一解起，写胜利归来沿途所见所闻与个人心情。一解东临碣石，以观沧海，近看山岛、草木，生机盎然，远观洪涛与海中倒映的日月星汉，汹涌而又灿烂，那时他的胸襟是何等爽朗，何等开阔！二解与三解忽变为孟冬十月，河朔隆寒。然而，他此时的心境，毕竟不同于往昔。"农收积场""逆旅整设"，眼前的景象不再是"白骨露于野，千里无鸡鸣"了，也不是但睹熊罴、虎豹，不见行人了。大地在复苏中。

然而"士隐者贫，勇侠轻非"，不免仍使他叹怨多悲。农、商、士、侠在此两解中，一起浮现在他的脑际，代替了沧海洪波。这种由万物到人民的写法，使此诗进入了一个新的意境。四解又一变而写个人。老骥、烈士、天、人、寿、夭，如江河奔流，经过他的笔下。这使此诗更显得气象万千，光彩照人，令人心生预感，旌旗即将南指。这样的诗，雄恣真朴，真可谓"于三百篇外，自开奇响"（沈德潜《古诗源》卷五）。

气出倡·驾六龙

　　驾六龙，乘风而行。行四海外，路下之八邦（东夷八国）。历登高山，临溪谷，乘云而行。行四海外，东到泰山。仙人玉女，下来翱游。骖驾六龙，饮玉浆。河水尽，不东流。解愁腹，饮玉浆。奉持行，东到蓬莱山，上至天之门。玉阙下，引见得入。赤松相对，四面顾望，视正焜煌。开（开明星）王（一作玉，玉井星）心（心宿）正兴，其气百道至，传告无穷。闭其口，但当爱气，寿万年。东到海，与天连。神仙之道，出窈入冥，常当专之。心恬憺，无所愒欲。闭门坐自守，天与期气。愿得神之人，乘驾云车，骖驾白鹿，上到天之门，来赐神之药。跪受之，敬神齐。当如此，道自来。

——《宋书·乐志三》

[编年]：

汉献帝建安十三年（208）正月至七月间。

[笺证]：

　　按此诗为曹操的游仙诗。要判断此诗的写作时间，须明白两个方面。一是方士对曹操的影响。在曹操周围，聚集了不少方士，他们来自何时？二是诗中所写"东到泰山""东到蓬莱山""东到海"，都是东游。这是虚写还是实写？如果是实写，他到这些地方，又在何时？两相结合，就可以对此诗的写作年代作出判断了。

《三国志·武帝纪》末注引晋张华《博物志》记述曹操"又好养性法，亦解方药，招引方术之士，庐江左慈（左元放）、谯郡华佗、甘陵甘始、阳城郄俭无不毕至"。《后汉书·方术列传下》记甘始等"率能行容成御妇人术""爱啬精气，不极视大言"。甘始、左慈、东郭延年"皆为操所录，问其术而行之"。又上党王真与郝孟节，"悉能行胎息、胎食之方"。郝孟节"为人质谨，不妄言，似士君子"，得到了曹操的赏识，使之"领诸方士"。

这些方士究竟在何时为曹操所录？

谯郡华佗。

《三国志·华佗传》记华佗为广陵太守陈登治病，预言"此病后三期当发，遇良医乃可济救"。后果然依期发作，华佗不在，如言而死。"太祖闻而召佗，佗常在左右。"则华佗被召之年，即陈登的卒年。《三国志·陈登传》记陈登"年三十九卒"。注引《先贤行状》又谓陈登"年二十五举孝廉，除东阳长"。"是时，世荒民饥。州牧陶谦表登为典农校尉……奉使到许，太祖以登为广陵太守。"陶谦以初平二年（191）任徐州牧。即以此年陈登年二十五计算，三十九岁为建安十年（205）。这年陈登死了，华佗被召。

甘陵甘始。

甘陵属冀州清河国，为清河国治所所在地。此地一直为袁绍父子所据。建安九年（204），曹操围攻邺城，袁谭"略取甘陵、安平、勃海、河间"。只是到了建安十年春正月，袁谭最后失败，甘陵才为曹操所得。甘始为曹操所录，亦当在建安十年。

上党王真、郝孟节。

上党属并州，是高干的势力范围。建安十一年（206）春，曹操亲征高干，破高干于上党壶关县。曹操录用王真、郝孟节当在此时。

由此看来，邺城以郝孟节为首的方士集团，其形成应在建安十一年平定高干之后。

再看曹操的东征。

东方本是陶谦与吕布的势力范围。从兴平元年（194）起，曹操因曹嵩之死，即锐意东伐。此年征陶谦，"略地至东海，还过郯（东海郡郡治）"。从"还过郯"来看，曹操有可能到了东海之滨。（引见《武帝纪》）

建安三年（198），曹操攻打吕布，"置华、费（属泰山郡，故属东海）而深入徐州"（《孙子兵法·九变篇》"城有所不攻"曹操自注），奄至下邳城下，决泗、沂水以灌城，城降，吕布被擒死之。《武帝纪》接着写了一段话：

> 太山（即泰山）臧霸、孙观、吴敦、尹礼、昌豨各聚众。布之破刘备也，霸等悉从布。布败，获霸等，公厚纳待，遂割青、徐二州附于海以委焉，分琅邪、东海、北海为城阳、利城、昌虑郡。

《资治通鉴》记吕布之败、臧霸等之降、城阳等郡之立及以臧霸等为守、相，均在建安三年十二月。《武帝纪》记曹操还至兖州昌邑，在四年（199）二月。这段时间，因为吕布已平，泰山已安，他有可能上过泰山。

建安十年春正月，曹操攻破南皮，斩袁谭，最后平定冀州。南皮为冀州勃海郡郡治，东距勃海并不远。《武帝纪》注引《魏书》记曹操"尝于南皮一日射雉获六十三头"。他是有兴趣去看勃海的。

建安十一年平定并州高干后，《武帝纪》紧接着又记了："秋八月，公东征海贼管承，至淳于，遣乐进、李典击破之，承走入海岛。"淳于属青州北海国，北距勃海不远，所以管承走入了海岛。

《气出倡·驾六龙》有"东到蓬莱山"之句，蓬莱山在哪里呢？《山海经·海内北经》云：

> 蓬莱山在海中，上有仙人宫室，皆以金玉为之，鸟兽尽白，望之如云，在勃海中也。

当管承等遁入海岛之际，北临勃海以望蓬莱，自在曹操的意想与行动中。《武帝纪》记管承败走海岛，在建安十一年秋八月，记曹操"自淳于还邺"，在建安十二年（207）春二月。停留时间如此之长，足够他去访寻蓬莱。

建安十二年，曹操北征乌丸，取得胜利后，自柳城还军。途中经过碣石，开始写《步出夏门行》。此诗于"艳"中写了"经过至我碣石，心惆怅我东海"之句。由此诗可知曹操把勃海也看作东海。这次"东到海"，在建安十二年九月。

现在可以来判断《气出倡·驾六龙》的写作时间了。

《驾六龙》之所以只写"东到泰山""东到蓬莱山""东到海"，而未写西到、南到哪里，是因为他在建安十二年以前，确实到过、上过、望过这些山和海。曹操并不止一次"东到海"，《驾六龙》之所以先写"东到泰山"，次写"东到蓬莱山"，又次才写"东到海"，不仅是因为他最后一次东到海在建安十二年九月，而且这次东到海，北方已经统一，意境自有不同。

以郝孟节为首的邺城方士集团，在建安十一年形成。到这个集团形成的时候，曹操的游仙思想已有所发展。建安十二年北征乌丸，虽然取得了胜利，但南方还有刘表与孙权，西方还有韩遂与马超，亟待平定。而曹操这年已有五十三岁。他在建安十三年（208）回到邺城以后，在《步出夏门行》的《龟虽寿》四解当中，表达了他的"盈缩之期，不但在天。养怡之福，可得永年"的思想。泰山、蓬莱山、东海都是方士说的仙境，耳听方士之言，联想以往所经，《驾六龙》于是问世。

以此可以断定此诗作于建安十三年正月至七月间。

《驾六龙》为我国游仙诗的滥觞。综观全诗，显然是借游仙玄想，祈求可得永年的"养怡之福"。

此诗的特色是根据自己的经历，驰骋想象力，浪漫主义色彩极浓。首三语忽发奇想，驾六龙若凭虚御风行乎四海之外，东夷八国之表，极言东游的广阔与逍遥。然后一转变为乘云历登高山与溪谷。山谷多云，乘白云，上高山，下溪谷，飘飘然不知云程几千万里，来到了泰山。他惊喜地看到苍穹正不知有多少仙人玉女，驾六龙下到泰山翱游。仙人们在山巅，在深谷，纷纷然取玉浆而饮。他惊异地发现黄河水干了，不东流了，这岂非化作玉浆，被仙人玉女饮尽？笔下波诡云谲。他跟着也捧玉浆而饮，以解心愁。他愁的是什么呢？饮罢玉浆，他奉持仙人玉女而行，不觉来到蓬莱山。东到泰山是下来游，东到蓬莱山笔锋一转，变为"上至天之门"，被引入玉阙仙宫，与赤松子相对。四面顾望，星宿焜煌，千百道光气一起奔向自己而来，奇幻之至。他的彩笔也奇幻之至。他愁的是不知如何养怡永年，赤松子传了他闭口爱气无穷妙道，此行可谓不虚。

要道既得，他御风驾云，乘兴又来到海上，眼见东海层波涌起，远与天连，心想神仙要道，譬如出窈入冥，奥妙难穷。他陷入了沉思中。先想到专守闭口爱气，精气与自然之气相应，当可永年。笔下忽转，怕不行吧，无神药相助嘛。于是又有愿得仙人，为我再上天庭，取神药以赐我之思。然而，仙在何方？谁为我、与我再上天庭？

此诗写得空灵瑰丽。然而，他当真是求仙吗？《华佗传》记他"苦头风，每发，心乱目眩"。他需要的是医好头风痼疾。此诗所写闭口爱气，并非神授，而是方士甘始等人的"爱啬精气，不极视大言"，王真、郝孟节的"胎息"与"胎食"。近代谓之气功，配之以药物，对治病延年有利，曹操岂真去追求连神龟、腾蛇也不可得的长生哉。他的游仙诗，其实是病中玄想。

曹操当真器重方士吗？曹植《辩道论》云：

> 世有方士，吾王悉所招致。……卒所以集之于魏国（邺城）者，诚恐斯人之徒，接奸宄以欺众，行妖慝以惑民，岂复欲观神仙于瀛洲，求安期于海岛，释金辂而履云舆，弃六骥而羡飞龙哉？自家王（曹操）与太子（曹丕）及余兄弟咸以为调笑，不信之矣。（《华佗传》注引）

这个目的说得难听一点，便是集中监视，免得他们散居各地，鼓其如簧之舌，扰乱人心。

曹操的悲剧在于他把华佗这样的外科学家，也看作了方士，并因细故将他杀死。从此，我国外科手术不传。

气出倡·游君山

游君山，甚为真，碓硙（魂）砟硌，尔自为神。乃到王母台，金阶玉
为堂，芝草生殿旁。东西厢，客满堂。主人当行觞，坐者长寿遽何央。长
乐甫始宜孙子，常愿主人增年，与天相守。

——《宋书·乐志三》

[编年]：

汉献帝建安十三年（208）十月至十一月。

[笺证]：

关于君山，晋张华所写《博物志》说过："君山，洞庭之山是也。帝
之二女居之，曰湘夫人。又《荆州图语》（俗本"语"作"经"）曰：'湘
君所游，故曰君山也。'"[《博物志·地理考》，（宋）周日用注本]《水
经注》的说法，与《博物志》一致，但较详。此书卷三十八《湘水》记湘
水注入北洞庭湖，接着写洞庭与君山：

湖水广圆五百余里，日月若出没于其中。《山海经》云：洞庭之
山，帝之二女居焉。沅、澧之风，交、湘之浦，出入多飘风暴雨。湖
中有君山、编山，君山有石穴，潜通吴之苞山，郭景纯所谓巴陵地道
者也。是山，湘君之所游处，故曰君山矣。昔秦始皇遭风于此而问其
故，博士曰：湘君出入则多风，秦王乃赭其山。汉武帝亦登之，射蛟

于是。山东北对编山，山多篦竹，两山相次去数十里，回峙相望，孤影若浮。

又接着写湘水：

> 又北至巴丘山，入于江。

君山名称的由来与地理形势，经郦道元一描绘，已经十分清晰。

诗名《游君山》，是梦游，还是真游呢？或说是梦游，或说不可知。其实是真游。连曹操自己也说："游君山，甚为真。"何梦游之有乎？但要证明。

建安十三年，曹军以破竹之势，迅速占领荆州州治襄阳。十月占领江陵，主力自江陵浮江而下，将与孙权"会猎于吴"。

《资治通鉴》记曹军自江陵东下到赤壁之战，在建安十三年十月至十一月间，近两个月。自江陵顺流到赤壁，是要不了两个月的。那么，曹军必在进兵途中逗留。在哪里逗留呢？

《三国志·郭嘉传》记曹军"于巴丘遇疾疫。烧船，叹曰：'郭奉孝（郭嘉）在，不使孤至此。'"注引《傅子》记有曹操写给荀彧的一封信，信中说道：

> 追惜奉孝，不能去心。其人见时事兵事，过绝于人。又人多畏病，南方有疫，常言"吾往南方，则不生还"。然与共论计，云当先定荆。此为不但见计之忠厚，必欲立功分，弃命定。事人心乃尔，何得使人忘之。

汉末疾疫流行，从曹操写给荀彧的信中，可知曹操征荆州之年，"南方有疫"。郭嘉说过"吾往南方，则不生还"的悲观之语。但郭嘉主张"先定荆"州。从曹操在巴丘遇疫时所说的"郭奉孝在，不使孤至此"来看，郭嘉只是主张打荆州，不主张打了荆州又去打江东，即不主张毕其功于一役。原因便在"南方有疫"。

所谓"于巴丘遇疾疫"。是船到巴丘时，疾疫在曹军中蔓延开来。在此以前，时疫已经染上了。周瑜曾说曹操"驱中国士众远涉江湖之间，不习水土，必生疾病"（《三国志·周瑜传》），对曹军早有所料。但不到疾疫蔓延，曹操是不会停止进兵的。十月占江陵，当月便东征，正表明曹操想一举再歼孙权与刘备。

巴丘，《水经注》记湘水自洞庭"又北至巴丘山，入于江"有云：

> 山在湘水右岸，山有巴陵故城，本吴之巴丘邸阁城也。晋太康元年，立巴陵县于此。……巴陵西对长洲，其州南麋湘浦，北届大江，故曰三江也。三水所会，亦或谓之三江口矣。夹山列关，谓之射猎。又北对养口，咸湘浦也。

可知巴丘当湘水出洞庭入长江之口，形势极为险要。

《元和郡县图志·江南道三》岳州巴陵县条写到巴陵与大江、洞庭湖、君山的距离。"大江，在县北五里。"洞庭湖，"在县西南一里五十步"。且云"湖口有一洲，名曹公洲"。君山，"在县西三十里青草湖中"。所谓青草湖，又名"巴丘湖"，在洞庭湖中，为唐时洞庭湖水淤积而成。《水经注》提及的"三江"为岷、澧、湘三江。巴陵城对三江口，自巴陵乘船入湘江（南江）口，即到洞庭湖。巴陵实际就在洞庭湖边。登山放舟均可见"波撼岳阳城"之景。今岳阳即古巴陵、巴丘。由巴陵下洞庭，上君山，也不过三十里之遥。

曹军既于巴丘遇疾疫，势必在巴丘停留，休整，治疗，否则无法打仗。

以文证史，从《游君山》一诗所记，可证曹军在巴丘停留期间，曾往君山一游。反过来以史证文，君山距巴丘如此之近，往游君山方便得很。"游君山"就不是梦游，而是真游；就不是想象，而是写实了。

君山本是湘君所游之处，是神山，所以诗中写了"礔礧（魂）硞碌，尔自为神"。"乃到王母台，金阶玉为堂，芝草生殿旁"，是用比喻手法，写他游君山，到了一处美如王母瑶台的地方，后面接着写了主客在此饮宴。他当然不会是一个人去游，同游者大有人在。饮宴满堂宾客分坐在东西二厢。先是主人行觞，祝"坐者长寿"，然后是宾客奉觞，"常愿主人增年"。这与曹操"可得永年"的思想一致。主人是曹操。人们解释此诗，谓主人指西王母，大谬。王母是不老神仙，不存在"增年"问题，宾客怎么会在祝酒时，常愿王母增年呢？宾客也是人，不是仙，所以曹操有"坐者长寿"的话。

《游君山》是曹操继《驾六龙》之后，采用《乐府·相和歌·相和曲·气出倡》所写的第二首游仙诗，浪漫主义色彩虽浓，却是纪实之作。此诗的写作年代，可以判定为汉献帝建安十三年十月至十一月游君山之时。即在浮江东下，于巴丘停留期间，亦即在赤壁之战前夕。

以《游君山》与《驾六龙》相较，《驾六龙》是灵幻的、浪漫主义的，《游君山》是实在的，现实主义多于浪漫主义。《驾六龙》如果是病中玄想，《游君山》则是征途记游。《驾六龙》多驾龙、乘风、乘云、仙道、神药、玉浆之词，《游君山》虽然用了神山、王母台之词，却是比喻，主客行觞，互祝增年于美若瑶池灵台的神山之境，才是这首诗的主题。由《驾六龙》到《游君山》，是由空灵到现实的发展。曹操的游仙诗，是浪漫主义与现实主义相结合的另一个侧面，一如他的理想诗、史诗、言志诗，只是有同异之差而已。

这里说一下，《郭嘉传》只记"于巴丘遇疾疫"与"烧船"，未记赤壁与乌林之役。《周瑜传》记赤壁之战"曹公军众已有疾病"，《三国志·武帝纪》记赤壁之战曹军不利，"于是大疫，吏士多死者"。遇疫是在巴丘，故《周瑜传》谓"已有疾病"。"于是大疫"之言，则表明曹军虽曾在巴丘休整，但并未阻止疾疫重新发作与蔓延。乌林之役，战船被烧，遂不得不取华容道北走。赤壁在何处，我在《赤壁之战拾遗》一文中，论之甚详。因非本书范围，故不赘述。

短歌行·周西伯昌

周西伯昌，怀此圣德，三分天下，而有其二。脩（修）奉贡献，臣节不坠。崇侯馋之，是以拘系。一解

后见赦原，赐之斧钺，得使征伐。为仲尼所称，达及德行，犹奉事殷，论述其美。二解

齐桓之功，为霸之首，九合诸侯，一匡天下。一匡天下，不以兵车。正而不谲，其德传称。三解

孔子所叹，并称夷吾，民受其恩。赐与庙胙，命无下拜。小白不敢尔，天威在颜咫尺。四解

晋文亦霸，躬奉天王。受赐珪瓒、秬鬯、彤弓、卢弓、矢千，虎贲三百人。五解

威服诸侯，师之者尊，八方闻之，名亚齐桓。河阳之会，诈称周王，是以其名纷葩。六解

——《宋书·乐志三》

[编年]：

汉献帝建安十五年（210）十二月。

[笺证]：

按此诗是建安十五年《让县自明本志令》即《魏武故事》所录《十二月己亥令》的姊妹篇。

建安十三年（208），曹操做了丞相。此年南进，败于赤壁乌林。返邺后，从《让县自明本志令》所写"周公有《金滕》之书以自明，恐人不信之故，然欲孤便尔委捐所典兵众以还执事，归就武平侯国，实不可也"，及后面提到的"谤议"看来，在建安十四、十五两年，已有人乘赤壁之败，诋毁曹操以丞相而领兵众，有不臣之心，要求曹操委捐所典兵众，以武平侯就国。为"分损谤议"，曹操"上还阳夏、柘、苦三县户二万，但食武平万户"，并写了《让县自明本志令》。

《短歌行·周西伯昌》内含与《让县自明本志令》一致，是以诗的形式自明本志。当然，诗不会像文章那样写得详细而又具体。疑此诗的写作，较《让县自明本志令》稍早。诗不能尽怀，难息谤议，因而继有上还三县食户与《让县自明本志令》之作。

今将诗、文相较，以明《周西伯昌》诗实为《让县自明本志令》的姊妹篇，写作同在建安十五年十二月。

《周西伯昌》一解、二解写周西伯姬昌。首云："周西伯昌，怀此圣德，三分天下，而有其二。脩（修）奉贡献，臣节不坠。"岂料为崇侯虎所谗，以致被拘囚于羑里。次写见赦原，得使征伐，犹奉事殷朝，德行为孔子所称。

《让县自明本志令》云："《论语》云：'三分天下有其二，以服事殷，周之德可谓至德矣。'夫能以大事小也。"孔子《论语》之言见《泰伯》一篇。

诗与文一致。按此实为曹操以周西伯姬昌之况，周西伯三分天下，有了其二，犹对殷朝脩（修）奉贡献，而为孔子称为至德。虽然崇侯虎谤之，谗之，又何伤于周西伯之至德乎？自平定北方，占领荆州州治襄阳，对曹操来说，亦可谓三分天下而有其二，可仍尊奉汉献帝。惜无孔子之赞，而有崇侯之流的谤议，岂不冤枉？

《周西伯昌》三解、四解称赞齐桓公任用管仲，"九合诸侯，一匡天下"，而犹尊奉周室。孔子叹为"正而不谲"，其德可以传称。按《论语·宪问》以"正而不谲"称美齐桓公。又云："桓公九合诸侯，不以兵车，管仲之力也。""赐与庙胙，命无下拜。小白不敢尔，天威在颜咫尺"四语，是齐桓公尊奉周室之证。《左传》僖公九年（前651）记周襄王派宰孔赐齐桓公以庙胙，并谓桓公已老，命无下拜。管仲认为不合礼节。桓公认为管仲的话是正确的，"天威不违颜咫尺"，岂可不拜而受之？

《让县自明本志令》云："齐桓、晋文所以垂称至今日者，以其兵势广大，犹能奉事周室也。"

诗与文一致。"垂称至今日"，即"其德传称"。"兵势广大，犹能奉事周室"，即虽然九合诸侯，一匡天下，犹能"正而不谲"，不坠臣节。

这也是自比。诸侯如袁术、吕布、袁绍、刘表都被他打败了，他的兵势广大，但并无取汉而代之之心，对汉献帝乃执臣礼。此非"正而不谲"乎？周朝也幸亏有齐桓公九合诸侯，一匡天下，率之以尊王。议者以为他应"委捐所典兵众以还执事"，这真的是他们所谓尊汉吗？果然如此，"不知当几人称帝，几人称王"。

《周西伯昌》五解、六解称赞晋文公"亦霸，躬奉天王""名亚齐桓"。效法晋文公尊周的人，也受到尊敬。然而河阳之会，晋文公要求周天子伪装打猎，前来与会，这种欺诈行为使得诸侯议论纷纷，未免是个污点。

《让县自明本志令》在称赞齐桓公的同时，也称赞了晋文公。（见上）诗与文也是一致的。后面提出要晋文公"诈称周王"是打猎而来，与参加河阳之会的诸侯不期如遇，"是以其名纷葩"。这是说自己决不会做有失臣节、臣礼的事。

以此完全可以断定：《短歌行·周西伯昌》与《让县自明本志令》作于同一个时候，即作于建安十五年。

此诗初看似有重复之感，细看又有不同，思想实已超越《让县自明本志令》的范围，写作虽与《让县自明本志令》同一年，但当在其后。

一、二两解写周西伯昌正而被谲，三、四两解写齐桓公正而不谲，无人疑他谲他，五、六两解写晋文公正而有谲，虽然议论纷纷，但也无人谲他。建安五年（200），当曹操与袁绍之间的战争一触即发之际，发生了董承图谋除掉他的事件。现在虽无人敢作董承，但怀疑他、议论他的大有人在。在他看来，他有似周西伯姬昌之事殷，正直而被谗害。像齐桓公事周，人无谗言议论，但传称其德，恐怕不会再有。如果说晋文公遭到非议，是因为晋文公正而有谲，那么，像他奉汉正而不谲，是不应该遭到非议的。如此看来，诗较文复杂。

另须注意，当时打着奉汉旗号的，并不止他一人。关中韩遂、马超，已经取得江南荆州之地住在公安的刘备、江东孙权，哪一个不打着奉汉旗号？他们是真心奉汉吗？那些非议曹操的人，又是真心奉汉吗？再说袁绍、袁术，虽然已被历史淘汰，但他们刻玺、称号，奉汉假得不能再假。董承似乎奉汉，但在献帝东归途中，董承不是抢夺过皇后手上的缣帛吗？这些人的德行连晋文公也比不上，如果成功，又将如何？

《周西伯昌》是以诗写史，也是以诗言志，是咏史的，也是抒情的。

气出倡·华阴山

华阴山，自以为大，高百丈，浮云为之盖。仙人欲来，出随风，削之雨。吹我洞箫鼓瑟琴，何闾闾，酒与歌戏。今日相乐诚为乐，玉女起，起舞移数时。鼓吹一何嘈嘈，从西北来时，仙道多驾烟，乘云驾龙，郁何荟荟。遨游八极，乃到昆仑之山，西王母侧。神仙金止玉亭，来者为谁？赤松王乔，乃德旋之门（德、旋均为星名）。乐共饮食到黄昏，多驾合坐，万岁长宜子孙。

——《宋书·乐志三》

[编年]：

汉献帝建安十六年（211）九月在华阴之作。

[笺证]：

这是曹操写的第三首游仙诗。从"华阴山"到"起舞移数时（时辰）"，写在华阴山吹箫鼓瑟琴，饮酒作乐，唱歌跳舞。仙人"欲来"未来。之所以说"欲来"，是因为已有风和雨，而仙人总是出则风雨相随。

从"鼓吹一何嘈嘈"到"乃德旋之门"，写仙人来了。金车玉辇，乘云驾龙，威仪盛大。从哪里来，从西北"昆仑之山，西王母侧"来。

从"乐共饮食到黄昏"到"万岁长宜子孙"，写众仙参加了曹操的宴会，祝颂主人多寿多子孙。

此诗写华阴山（即华山）之宴，气氛活跃，管弦、歌戏、舞蹈、美酒、佳肴、玉女、仙人，应有尽有。要了解此诗的写作年代，重要的是，曹操是否到过华阴山？如果到过，在哪一年？有什么喜事，值得他设宴华阴山，连仙人也降临宴会，举酒祝贺？

《三国志·武帝纪》记建安十六年秋七月，曹操西征。九月，进军渡过渭水，与关中诸将马超、韩遂等克日会战，"大破之，斩成宜、李堪等。遂、超等走凉州，杨秋奔安定。关中平"。《武帝纪》没有说这仗是在渭南哪里打的，但《三国志·张既传》说了："超反，既从太祖破超于华阴，西定关右。"注引《魏略·阎行传》也有曹操在华阴与韩遂"交马"而语的话。这就表明仗是在华阴打的。曹操到过华阴，华阴山自在望中。

此战为曹操平定关中之战。关中将领甚多，《武帝纪》提到的马超、韩遂、成宜、李堪、杨秋是较大的几支。要一支一支去打，必然要旷废时日。曹操西征，他们却一起来迎战，被曹操一举歼灭于华阴，关右才能被平定。这实在是一件大喜事。《武帝纪》尝说：

> 始，贼每一部到，公辄有喜色。贼破之后，诸将问其故。公答曰："关中长远，若贼各依险阻，征之不一二年不可定也。今皆来集，其众虽多，莫相归服，军无适主，一举可灭，为功差易，吾是以喜。"

一战而平定关中诸将，定关中，是赤壁之战失败以后，曹操取得的一个大胜利。这就可以明白，华阴山之宴，实际上是一次祝捷宴、庆功宴，此宴只能在建安十六年九月于华阴一举全歼关中诸将之后，为时不久之日。而《华阴山》一诗，从诗中气氛来看，也是一首祝捷诗、庆功诗。

但为什么诗中又提到神仙来了呢？

须知曹操的诗是浪漫主义与现实主义相结合的诗，包括游仙诗在内。连神仙也来光临宴会，更足以表明华阴之捷意义的重大与曹操心中的喜悦达到何种程度。当然，如果全从浪漫主义去理解，不明白《华阴山》的写出与华阴之捷的关系，抹去了此诗的现实主义部分，那么，它的价值也就降低了。坊间释注此诗，但作游仙诗，以为华阴山是作者在想象中所游之地，就是因为不明白华阴之捷的历史。

《华阴山》中所写的华山仙迹，也是有依据的。《初学记》卷五《华山》所记华山的仙迹弥多，略引如下。

西晋傅玄《华岳碑序》云："若夫太华之为镇也，五岳列位而在其首。……济云行而雨施，兴雷风以动物。"此"出随风，削之雨"也。

东晋郭璞《太华赞》云："华岳灵峻，削成四方，爰有神女，是挹玉浆，其谁游之，龙驾云裳。"《神仙传》云："卫叔卿常乘云，驾白鹿。……度世登华岳，见其父（卫叔卿）与数人博于石上。敕度世令还。"《列仙传》尚记有呼子先乘龙"上华山"的故事。此"仙道多驾烟，乘云驾龙"也。

摆酒华阴山，云行雨施，雷兴风动，使人浮想联翩。风雨来自西北，你看，那不是众仙乘云驾龙驾烟从昆仑之丘王母瑶池来了吗？不就坐在宴会席上吗？众仙之来，是贺我胜利，祝我多寿多子孙。饮宴尽欢，直至黄昏始罢。

这种宴会（华阴山之宴），这种诗（《华阴山》之诗），如无华阴之捷作背景，绝对写不出来。

将《气出倡》三首《驾六龙》《游君山》《华阴山》相较，《驾六龙》是浪漫主义的，《游君山》现实主义多于浪漫主义，《华阴山》则是现实主义与浪漫主义高度结合的产物。《驾六龙》疑写于病中，《游君山》写于前途尚不可预卜的征途，《华阴山》则写于华阴大捷之后。《驾六龙》给人以空灵之感，《游君山》宾主但祝多寿多福，无仙人参与，《华阴山》则绘制了一幅在浮云笼盖、风飘雨洒的华阴山下，仙与人共庆胜利，丝竹并奏，歌舞移时，觥筹交错，充满欢愉之情的图画，达到了游仙诗的极致。

在《游君山》与《华阴山》两首诗中，仙道与神药看不到了。这不是说没有反复，接着写出的《陌上桑》又出现"受要秘道爱精神"的话。曹操对神药与仙道的醒悟，要到《秋胡行》写出的时候。我觉得《游君山》与《华阴山》一语未及《驾六龙》中所期望得到的仙道与神药，与他的病情有关。自赤壁之战到华阴之战，是他的病情好转之时。要不，这两场战争是很难进行的。

陌上桑

驾虹蜺，乘赤云，登彼九疑历玉门。济天汉，至昆仑，见西王母，谒东君。交赤松，及羡门，受要秘道爱精神。食芝英，饮醴泉，柱仗桂枝佩秋兰。绝人事，游浑元，若疾风游欻飘飘。景未移，行数千。寿如南山不忘衍。

——《宋书·乐志三》

[编年]：

汉献帝建安十六年（211）十月在长安之作。

[笺证]：

这是曹操写的第四首游仙诗。

此诗应与《气出倡·华阴山》一首联系起来看，《华阴山》写众仙乘云驾龙，自西北昆仑之山西王母侧，来到华阴山，参与曹操所设的宴会，祝主人多寿多子孙。此诗写作者"驾虹蜺，乘赤云"，先游八极，而后到了昆仑山，见西王母。赤松曾参与华阴之宴，现在又见到了赤松，与赤松相交。这是对写。《华阴山》是写众仙来到凡间见曹操，《陌上桑》是写曹操游仙，到众仙所来之地西方王母瑶台。

按《史记·大宛列传》云："河出昆仑……上有醴泉瑶池。"《山海经·西山经》云："昆仑之丘，是实惟帝（天帝）之下都，神陆吾司之。"又云："玉山是西王母所居也。"郭璞注：玉山，"《穆天子传》谓之群玉之山"。"天子觞西王母于瑶池之上。……乃纪迹于奄山之石而树之槐，眉曰'西王母之山'。"李白诗："若非群玉山头见，会向瑶台月下逢。"（《清平调三首》其一）玉阙仙宫，佳丽若斯，自是方士与游仙者心目中最理想的仙家胜境、必求必游之地。曹操的想象力在此诗中表现得既丰富，又多姿。食芝英，饮醴泉，杜桂枝，佩秋兰，受要道，游浑元，翩翩若疾风，瞬间已千里。真可谓乐莫乐兮新相知，得其所哉复何求。

此诗结尾突然冒出一句"寿如南山不忘愆"。即使求仙达到目的，年寿比美南山，也不能忘记以往的错失。它把曹操又拉回到了现实世界。

也亏得有此一句，联系《华阴山》，我们可以判断出此诗的写作时间与地点。

南山，《初学记》卷五《终南山》叙事写道：

> 《五经要义》云：终南山，长安南山也，一名太一。潘岳《关中记》云：其山一名中南，言在天之中，居都之南，故曰中南。《福地记》云：其三东接骊山、太华（华山或华阴山），西连太白，至于陇山，北去长安城八十里，南入楚塞，连属东西诸山，周回数百里，名曰福地。

《诗经·小雅》："如南山之寿。"若依《福地记》所言，福、禄、寿三字，南山占了两字：福与寿。其实既在帝都长安之南不过八十里之地，禄字又何尝不沾了边。

《三国志·武帝纪》记建安十六年九月，曹操于渭南华阴之地，一举击败马超等关中诸将。马超、韩遂走凉州，杨秋奔安定（属凉州）。"冬十月，军自长安北征杨秋，围安定，秋降。"十二月，曹操自安定回到长安，留夏侯渊屯于长安。建安十七年春正月，曹操回到邺城。

可知建安十六年，曹操曾两次到长安。冬十月，自长安北征杨秋为一次。十二月，自安定还到长安，留下夏侯渊据守，又为一次。《陌上桑》可能作于十月，也可能作于十二月在长安屯留之时，但不出建安十六年。

因为，诗是看到长安南山后，有感而发。何况这次又是向西北方，即向《华阴山》中众仙来处进军。

表现于游仙诗中的曹操所追求的要道、秘道或仙道，只见于《气出倡·驾六龙》与《陌上桑》二首，以《驾六龙》与《陌上桑》比较，我们可以发现，《驾六龙》的想象，只及于东方的泰山、蓬莱山与东海。这是因为此诗写出之日，曹操只到过这些地方。《陌上桑》的想象，则在西方的昆仑与瑶池。这是因为此诗写出之日，曹操到了西方。曹操的游仙诗立足于现实，于此又得到了证明。而这二诗写作时间的不同，亦可理解。

却东西门行

鸿雁出塞北，乃在无人乡。举翅万余里，行止自成行。冬节食南稻，春日复北翔。田中有转蓬，随风远飘扬。长与故根绝，万岁不自（相）当。奈何此征夫，安得去四方。戎马不解鞍，铠甲不离傍。冉冉老将至，何时返故乡。神龙藏深泉，猛兽步高冈。狐死归首丘，故乡安可忘。（《乐府诗集》卷三十七《相和歌辞·却东西门行》引《古今乐录》曰："王僧虔《技录》云：《却东西门行》，荀录所载。武帝《鸿雁》一篇，今不传。"《宋书·乐志三》无此一诗。此据《乐府诗集》）

[编年]：

汉献帝建安十八年（213）春日。

[笺证]：

这是一首怀念故乡的诗，情景交融。

要判断此诗的写作时间，一须明起兵以来，曹操于哪些年曾返故乡。二须明此诗为见景生情，诗首提"鸿雁"，是因为他看到了"鸿雁"。"行止自成行"是写实。"冬节食南稻，春日复北翔"，是写他在某一个时期，自冬历春，在南方看到鸿雁自北飞来，啄食南方的稻粒，又看到春日鸿雁复自南方北翔。这也是写实。因此必须探求曹操于何年自冬至春，身在南方。三须明此诗写在"冉冉老将至"之时。如能将这三点合为一点，都能说通，此诗的写作时间便出来了。

《三国志·武帝纪》记曹操于中平六年（189）起兵，时年三十五。建安五年（200）于官渡打败袁绍，建安七年（202）曾回故乡谯县一次，发布《军谯令》，并至浚仪，派人以太牢祀桥玄，写了《祀故太尉桥玄文》。时年四十八。建安十一年（206），取道太行山羊肠坂征讨并州高干，于路次写了《苦寒行》，内有"我心何怫郁，思欲一东归"之句。时年五十二。但他并没有回乡，打败高干后，又忙着北征乌丸，南取荆扬。只是到了赤壁之战失利，才于建安十四年（209）春三月，回到谯县，"作轻舟，治水军"。七月，至合肥，发布了《存恤吏士家室令》，"置扬州郡县长吏，开芍陂屯田"。十二月又回到谯县。这是他在一年中两次回乡。时年五十五。建安二十年（215），他西征汉中，打败了张鲁。建安二十一年（216）"冬十月治兵，遂征孙权。十一月至谯"。这是他生平最后一次回到故乡。时年六十二。

据此可知，曹操起兵后，回到故乡只有四次。第一次在建安七年，第二与第三两次在建安十四年，中间相隔七年。第四次在建安二十一年，中间又隔七年。

在回乡之年，当然他不会有"何时返故乡"之思。如有这种想法，应当在中平六年至建安七年、建安七年至建安十四年、建安十四年至建安二十一年、建安二十一年至建安二十五年（220年，此年曹操卒）这四段时间内。

建安七年，曹操才四十八岁，且打败袁绍不久，事业方兴未艾，当然不会有"冉冉老将至"之感。故自中平六年到建安七年这段时间可以排除。

建安十一年他北上太行，所作《苦寒行》虽有"我心何怫郁，思欲一东归""悲彼东山诗，悠悠使我哀"之句，但无"冉冉老将至"的感伤。当时北方统一尚未完成，他打败高干后，还要去打乌丸，只是到了建安十三年（208）秋七月，才南征刘表。一则时令不合，他于十一月败归，最多只在荆州看到鸿雁南翔，而未看到鸿雁北归。二则心绪不合。这年他五十四岁，虽然打了败仗，仍旧没有"冉冉老将至"之感。《游君山》表现出来的是欢乐，是宾主行觞互祝"增年宜子孙"。因此自建安七年至建安十四年这段时间也可排除。

自建安二十一年至建安二十五年这段时间也可排除。建安二十二年（217），曹操虽然到过居巢，但三月即引军北还。且建安二十一年十一月他到过谯县，自然不会发出"何时返故乡"之叹。此后，他西征刘备，驻军颍川郡郏县的摩陂，为曹仁声援，以抗关羽，再未到过南方。

因此，此诗只能写于建安十四年至建安二十一年这段时间内。

考之《武帝纪》，建安十七年（212），曹操自北征安定杨秋，还到邺城。此年"冬十月，公征孙权。十八年春正月，进军濡须口，攻破权江西营，获权都督公孙阳，乃引军还。诏书并十四州复为九州。夏四月至邺"。则自建安十七年冬十月至建安十八年夏四月整个冬春二季，曹操都在淮南、江西之地。

建安十八年，曹操五十九岁。距建安十四年回到故土谯县，已有四年。

这就可以解释《却东西门行》全诗了。

"鸿雁出塞北，乃在无人乡。举翅万余里，行止自成行。冬节食南稻，春日复北翔"，是写他在建安十七年冬季至建安十八年春季，在淮南、江西之地，既看到鸿雁南来，以南方稻谷为食，又看到春暖花开之日，鸿雁北归。

"田中有转蓬，随风远飘扬。长与故根绝，万岁不自（相）当"，是将目光由北翔鸿雁，移到田中转蓬。雁回塞北，飘蓬却与故根长绝，可为叹惜。

"奈何此征夫，安得去四方。戎马不解鞍，铠甲不离傍。冉冉老将至，何时返故乡"，是由北归雁阵与随风飘扬的飘蓬，联想到征夫与自身。曹操征伐四方，哪一年不打仗。戎马何曾解鞍？铠甲何曾离傍？在戎马生涯中，自中平六年至建安十八年，他已度过了二十四个年头。起兵时，年才三十五岁，现在已经五十九岁。鸿雁每年春日尚可北归，我呢，只像田中转蓬罢了，还不知要飘到何方。"冉冉老将至"，故乡如梦，何时可以返回？

　　《说文》："七十曰老。"曹操年五十九，故云"冉冉老将至"。他卒时年六十六，尚未到老年。

　　"神龙藏深泉，猛兽步高冈。狐死归首丘，故乡安可忘"，是借龙藏深泉，兽步高冈，狐死首丘，深致他的思乡之情。建安二十一年，他毕竟又回到家乡，但这是三年后的事了。而且这次回乡是最后一次。他死后葬于邺城高陵，正可谓"长与故根绝"。

　　以此可以断定：《却东西门行》作于建安十八年春日犹在淮南、江西逗留之时。此诗古直悲凉，情深意挚，是思乡诗的佳作，与《苦寒行》有异曲同工之妙。

秋胡行·愿登泰华山

愿登泰华山（《山海经·西山经》"太华之山"郭璞注："即西岳华阴山也。今在弘农华阴县西南。"），神人共远游。经历昆仑山，到蓬莱。飘飘八极，与神人俱。思得神药，万岁为期。歌以言志，愿登泰华山。一解

天地何长久，人道居之短。世言伯阳（老子），殊不知老，赤松王乔，亦云得道。得之未闻，庶以寿考。歌以言志，天地何长久！二解

明明日月光，何所不光昭。二仪合圣化，贵者独人不。万国率土，莫非王臣。仁义为名，礼乐为荣。歌以言志，明明日月光。三解

四时更逝去，昼夜以成岁。大人先天，而天弗违（"不违天道。"语出《易经·乾卦·文言》）。不戚年往，世忧不治。存亡有命，虑之为蚩。歌以言志，四时更逝去。四解

戚戚欲何念，欢笑意所之。盛壮智惠，殊不再来。爱时进趣，将以惠谁。泛泛放逸，亦同何为。歌以言志，戚戚欲何念？五解

——《宋书·乐志三》

[编年]：

汉献帝建安二十年（215）三月。

[笺证]：

此诗每一解都是"歌以言志"之句，是一首言志诗。

按曹操并不止一次到过华阴，见过华山（即泰华山）。建安十六年

（211），破马超等于华阴，是第一次看到华山，有《气出倡·华阴山》之作。此年十二月自长安还军，路经华阴，是第二次看到华山，此际是胜利还军，不可能写出"歌以言志，戚戚欲何念"之句。诗当非此时之作。建安二十年三月，曹操西征张鲁，路经华阴，是第三次看到华山。如果将《秋胡行》此首《愿登泰华山》与《晨上散关山》联系在一起看，内容有相通之处。而游仙思想，《愿登泰华山》比《晨上散关山》为浓。《愿登泰华山》写了与"神人共远游"，《晨上散关山》则连仙人三老公的问话也不愿回答了，更谈不上与三老公同游。《愿登泰华山》写了"思得神药"，《晨上散关山》则连神药一字不提。

《愿登泰华山》有"贵者独人不"之句，联系建安十九年（214）十二月，曹操发布的第二个求贤令，又可看出此二者的相通性。

《愿登泰华山》又有"不戚年往，忧世不治"之句，年龄已过六十，而张鲁等尚未平定，无怪有此感叹。

以此可断此诗为建安二十年三月西征张鲁三过华阴之作。

此诗五解层次分明。

一解愿登泰华山，以与仙人共远游。西历昆仑山，东到蓬莱山，飘飘八极，寻找神药，求以万岁为期。这仍可说是"游仙"。

二解一转，叹惜天地长久，人寿短促。人云赤松、王乔得道成仙，可得之未闻，也许是他们寿长罢了。这已对仙道怀疑了。

三解由日月光照，二仪陶化，写到"贵者独人不"。这与《度关山》"天地间，人为贵"的思想一致。贵者是人非仙，则慕仙道，求神药，期万岁，果何谓哉？

四解写四时更迭，昼夜交替，是天道规律。存亡有命，虑之可笑。他喊出了"不戚年往，世忧不治"的壮语。此所谓"烈士暮年，壮心不已"也。

或谓"存亡有命，虑之为蚩"，终于归之于天命。这种解释是牵强的。按陶潜《形影神三首》第三首《神释》云：

甚念伤吾生，正宜委运去。纵浪大化中，不喜亦不惧。应尽便须尽，无复独多虑。

"委运"即"一任自然"。陶潜《神释》名句自"甚念伤吾生，正宜委运去"，到"应尽便须尽，无复独多虑"，其渊源，正是曹操诗的"存亡有命，虑之为蚩"。这怎么可以用天命、命定之论去解说呢？

"不戚年往，世忧不治"，表述的是政治上的进取精神。"存亡有命，虑之为蚩"，表述的是哲学上的一任自然，应尽便尽，无复多虑的不信天命鬼神的思想。而此四语，又与"贵者独人不"，紧密相连，互为因果。

五解"戚戚欲何念"，深深感到悲叹年华逝去的无聊。"欢笑意所之"，应当随自己的心意，该欢笑便欢笑。盛年已过，不会再来。既然"世忧不治"，便应"爱时进趣"，不可放任自弃。"爱时进趣"，是"世忧不治"的必然发展。而西征张鲁，正是"爱时进趣"。

从《愿登泰华山》这首诗中，我们可以看出：在曹操的思想当中，一向占着主要地位的，是贵者独人，不是天、仙、神；是"世忧不治""爱时进趣"，不是秦皇汉武甘心不息去追求的长生世上。只有明白这一点，才会理解他何以能三次发布以"唯才是举"为核心的求贤令，也才可以了解他一生何以"戎马不解鞍，铠甲不离傍"。

"神药"，曹操只在《气出倡·驾六龙》与《秋胡行·愿登泰华山》二首诗中提到。只是思想意境在这二诗中，有所不同。《驾六龙》在最后提到神药，有苦求不得之意。《愿登泰华山》则在一解中首先提及，转入二解就连仙人王乔得道也不相信了。"神药"究竟是一种什么药？

按《三国志·王粲传》注引《文章叙录》记有杜挚求"仙人药"于毌丘俭一事，其言云：

挚与毌丘俭乡里相亲，故为诗与俭，求仙人药一丸，欲以感切俭求助也。其诗曰："……被此笃病久，荣卫动不安，闻有韩众药，信来给一丸。"俭答曰："……韩众药虽良，或更不能治。悠悠千里情，薄言答嘉诗。"

　　"仙人药"即神药，是方士所造，岂仙品哉？方士托言神仙所造者有，但"药虽良，或更不能治"病。想象中的仙人与仙人药，是虚幻的，得不到的。因为得不到，在人们心目中，方士所造的"假药"，也就变成真"仙人药"了。

　　当时人们思得神药疗疾，非止曹操一人。如杜挚、毌丘俭，都是神药的追求者。曹操求神药为治历久不愈的头风之疾。然而，他何曾求到？《愿登泰华山》中的一解实际上是写他以往追求神药的虚妄，因而才继有二解王乔的得道在所未闻，与三解的"贵者独人不"。

　　《愿登泰华山》的思想性远远超过了《驾六龙》，艺术性也达到了极高的程度。举凡仙道、天道、人道、世事、惜时进取无不被融入此诗，而又层次井然，一波高过一波。一解的"愿登太华山，神人共远游"，为二解的"天地何长久，人道居之短"压过，二解的"天地何长久，人道居之短"，为三解的"二仪合圣化，贵者独人不"压过，三解的"二仪合圣化，贵者独人不"，为四解的"不戚年往，世忧不治"压过，四解的"不戚年往，世忧不治"，又为五解的"爱时进趣，将以惠谁"压过。"人道居之短""贵者独人不""不戚年往，世忧不治""爱时进趣，将以惠谁"，是心底的呼声，生命的呐喊。真可谓"如摩云之雕，振翮捷起，排焱烟，指霄汉，其回翔扶摇，意取直上"（陈祚明语，见《采菽堂诗集》卷五）。现实主义于此诗中，得到了层层发挥。此岂游仙哉？这首诗写出之日，"游仙"思想对曹操来说，可以说过去了。

秋胡行·晨上散关山

　　晨上散关山，此道当何难！晨上散关山，此道当何难！牛顿不起，车堕谷间。坐磐石之上，弹五弦之琴，作为清角韵，意中述烦。歌以言志，晨上散关山。一解

　　有何三老公，卒来在我傍。员撰（裼衣）被裘，似非恒人。谓卿云何，困苦以自怨，徨徨所欲，来到此间。歌以言志，有何三老公。二解

　　我居昆仑山，所谓者真人。我居昆仑山，所谓者真人。道深有可得。名山历观，遨游八极，枕石漱流饮泉。沉吟不决，遂上升天。歌以言志，我居昆仑山。三解

　　去去不可追，长恨相牵攀。去去不可追，长恨相牵攀。夜夜安得寐，惆怅以自怜。正而不谲（《论语·宪问》谓齐桓公"正而不谲"），辞赋依因（桓公夜出，闻宁戚叩牛角作歌，以为非常人，遂用之为卿）。经传所过，西来所传（《史记·齐太公世家》："桓公称曰：'寡人……西伐大夏，涉流沙，束马悬车，登太行，至卑耳山而还。'"）。歌以言志，去去不可追。四解

——《宋书·乐志三》

[编年]：

汉献帝建安二十年（215）四月。

[笺证]：

此首四解每解都有"歌以言志"四字，是一首言志诗，与游仙诗大异其趣。

一解写散关山道路的艰难，作者坐于磐石之上，弹五弦之琴，作清角之韵，以述意中烦怨。按《秋胡行》为相和歌清调曲。相和三调：清调、平调、瑟调，亦谓之铜雀三调。南朝王僧虔谓："今之清商，实由铜雀，魏氏三祖（武、文、明三帝），风流可怀。"（《宋书·乐志一》）清商乐又名"清乐"。准确一点说，清商乐沿自铜雀，为魏武以后的新声。声音本悲，曹丕所谓"悲弦激新声，长笛吹清气"（《善哉行》），王粲所谓"管弦发徽音，曲度清且悲"（《公宴诗》）是也。角为五音之一，东方之音也。清角之韵，清调而含角音，正在表述西征登临散关山心中的愁烦。

二解三老公即三仙，闻清角悲音，突然降临到他身傍，问他云何"困苦以自怨"，以引起三解。

三解借三老公自称居于昆仑山，是真人，对仙道深有所得，遨游八极，枕石漱流饮泉。云游至散关山，听琴声甚悲，因而下问，写出他"沉吟不决"，三老公"遂上升天"之句。此二句不可等闲视之，表示他的游仙思想，已发生转折。"沉吟不决"，说明他对仙道已产生怀疑，仙人、真人并不能替他解决什么。

四解写三老公已去，不可追寻。俗务牵攀，长夜难寐，常惆怅以自怜。最后一转，想起齐桓公正而不谲，爱惜人才，发现宁戚，即能重用。桓公西伐大夏，见于经传。我今西伐张鲁，不正是当年桓公之业吗？这是在此诗最后表明他要坚持走齐桓公之路，不作游仙之想。

《三国志·武帝纪》记建安二十年三月，曹操西征张鲁。四月"自陈仓以出散关"。陈仓县属右扶风郡，唐为岐州宝鸡县，大散关在其西南。

以此可以断定《秋胡行·晨上散关山》写于建安二十年四月。

这首诗如果用画来比喻，是一张散关山上，晨曦才露，仙与人的对话图。山道险阻，牛顿不起，车堕谷间，人坐磐石，手抚琴弦，仙人飞来，殷勤询问，人则目光但遥望阳平关，懒得回答。

　　如果联系前一首《秋胡行·愿登泰华山》"世忧不治""爱时进趣"之语，与后一首《善哉行·痛哉》"痛哉世人，见欺神仙"之语，就可以知道这首诗是由仙道到人道的过渡，或由游仙到忧世的过渡。神人问话，"沉吟不决"，虽则"不决"，实是与仙道的决绝。结尾以齐桓公爱才自命，是前一首"贵者独人不"，忧世进取的具体写照。打张鲁则是表现。

　　这首诗采用的也是现实主义与浪漫主义相结合的手法，熔写景、言情、述志于一炉。写景仅只用"牛顿不起，车堕谷间"二句，便把散关山上道路的艰难勾勒出来了。言情，人坐磐石，手挥琴弦，千种情怀，尽在其中。述志，借用仙与人的对话，神仙问，而人不答，心想齐桓、宁戚，志在人事而不在仙道，表露无遗。世人谓曹操诗"振发魏响"，多指《薤露》《蒿里行》《苦寒行》而言，其实，"魏响"存在于他的每一首诗中。

善哉行·痛哉

痛哉世人，见欺神仙。

　　　　　——梁昭明太子《文选》卷二十四曹植《赠白马王彪》诗李善注

[编年]：

汉献帝建安二十年（215）七月至十二月。

[笺证]：

此诗只有两句，残缺不全，但并非不可以断定其写作年代。

按汉顺帝时，张陵在蜀郡创立道教，时称"五斗米道"。道教是一种神仙教。《魏书·释老志》说："其为教也，咸蠲去邪累，澡雪心神，积行树功，累德增善，乃至白日升天，长生世上。"纵使白日升天，长生世上，难望达到，可是道教作为神仙教的"化金销玉，行符敕水，奇方妙术"与"却病延年""消灾灭祸"，却给人们以一种幻觉。却病消灾之法，是"加施静室，使病者处其中思过"，鬼吏为病者请祷，作"三官手书"，"书病人姓名，说服罪之意"，"使病者家出米五斗以为常"。此"实无益于治病，但为淫妄，然小人昏愚，竞共事之"（《三国志·张鲁传》注引《典略》）。其实非仅出米五斗而已，李膺《蜀记》记"受其道者，输米、肉、布、绢、器物、纸、笔、荐席、五绦。后生邪浊，增立米民"（《广弘明集》卷八）。道教上层人物很奢侈。诸葛亮曾写信给张鲁（张陵之孙）说："灵仙养命，犹节松霞"，而张鲁却"厚身嗜味，奚能尚道"。诸葛亮可谓不见欺于神仙。

成仙靠服食丹药。《魏书·释老志》说寇谦之"少修张鲁之术，服食饵药，历年无效"。曹操也访求过神药，方士为他出力不少，然而不仅不能长生，连延寿也办不到。比之于诸葛亮，曹操可说一度见欺于神仙。

《张鲁传》说张鲁"据汉中，以鬼道教民"。汉中郡见欺于神仙者多矣！注引《典略》不仅有"小人昏愚，竞共事之"的话，且有"流移寄在其地者不敢不奉"之言。《晋书·李特载记》记"汉末张鲁居汉中，以鬼道教百姓，賨人敬信巫觋，多往奉之。值天下大乱，自巴西之宕渠迁于汉中杨车坂"，整个寄居在汉中之地的賨人（板楯蛮人），都信奉了神仙教五斗米道。汉中上空，仙风狂吹。

《三国志·武帝纪》记建安二十年七月，曹操至阳平关（阳平关在汉中郡褒城县西北），击溃了张鲁的守军，进入南郑（汉中郡郡治）。巴、汉皆降。曹操在南郑停留了半年之久，十二月才自南郑还军，留夏侯渊守汉中。

曹操在汉中，目睹汉中之民对道教神仙之说的狂热信奉，目睹"销金化玉"，炼丹制药，行符敕水种种奇方妙术，目睹静室思过，鬼吏请祷的淫妄。比起昔年他在济南所见淫祀，那简直是小巫见大巫，有过之而无不及。他能不发出"痛哉世人，见欺神仙"之叹吗？

《张鲁传》注引《魏略》记有一个刘雄鸣，传言"每晨夜，出行云雾中"，世以"神人"目之。曹操破马超于华阴，刘雄鸣往见曹操，曹操说："孤方入关，梦得一神人，即卿也。"后弃汉中，汉中破，又往见曹操。曹操不称他作"神人"了，而骂他为"老贼"，徙于勃海。曹操对刘雄鸣态度的变化，反映了他对神仙态度的变化。再说张家三代：张陵、张衡、张鲁都是"大神仙"，张鲁是汉中神仙教五斗米道的教主，写过游仙诗的曹操，这时对张鲁却不屑一顾。

汉中所见所闻所遇，帮助曹操驱逐了脑中神仙的残迹、余痕。

以此可以断定《善哉行·痛哉》写于建安二十年七月至十二月曹操于汉中停留期间。

此诗虽然只有"痛哉世人，见欺神仙"二语，但仅此二语，便足以笼罩一切。

精　列

厥初生，造化之陶物，莫不有终期。莫不有终期，圣贤不能免，何为怀此忧？愿螭龙之驾，思想昆仑居。思想昆仑居，见期于迂怪，志意在蓬莱。志意在蓬莱，周孔圣祖落，会稽以坟丘。会稽以坟丘，陶陶谁能度，君子以弗忧。年之暮，奈何，过时时来微。

——《宋书·乐志三》

[编年]：

汉献帝建安二十三年（218）六月。

[笺证]：

按"精列"者，精气分裂也。属相和歌相后曲。诗中有"年之暮，奈何，过时时来微（微少）"之句，显然为曹操暮年作品，且距死不远矣。

曹操有头风之疾，素未好过。《三国志·华佗传》记有："太祖苦头风，每发，心乱目眩，佗针鬲，随手而差。"又记："后太祖亲理，得病笃重，使佗专视。佗曰：'此近难济，恒事攻治，可延岁月。'""可延岁月"一语，已讲明曹操头风之疾，不能根治，恒事攻治，也只能苟延岁月而已。头风发展下去，就会变成精气分裂。等到了这个时候，那就回天乏术了。

曹操总是想得神药，受要秘道。建安十二年（207）的《气出倡·驾六龙》写到"但当爱气，寿万年"，"上到天之门，来赐神之药"。建安十六年（211）的《陌上桑》写到"受要秘道爱精神"。即使到建安二十年（215）的《秋胡行·愿登泰华山》中，也有"思得神药，万岁为期"之言。本书前面说过他想得到神药、爱气，主要的原因，倒不是成仙。仙道渺茫，对他来说，"得之未闻"。而是想治好头风之疾，以竟齐桓公之业，但他没有得到这种药，像爱气这种要秘道，也挽救不了他的生命。

《三国志·武帝纪》记建安二十三年六月，曹操突然下达了一道命令：

> 古之葬者，必居瘠薄之地，其规西门豹祠西原上为寿陵，因高为基，不封不树。《周礼》冢人掌公墓之地，凡诸侯居左右以前，卿大夫居后，汉制亦谓之陪陵。其公卿大臣列将有功者，宜陪寿陵。其广为兆域，使足相容。

此即《终令》。曹操时年六十四。这只有一个解释，他的头风之疾已发展到了精气分裂不治之时。曹操营建的寿陵，即"高陵"，在邺城西。曹操死后，即葬于此。

就在他发布《终令》的次月，又治兵西征刘备。这正是"世忧不治""爱时逝趣"。

《精列》诗先写"厥初生，造化之陶物，莫不有终期"，连圣贤也不能免，我何为怀此忧虑呢？这与《步出夏门行》神龟犹有竟时，腾蛇终为土灰相呼应。可我总是想治好自己的病，延长自己的年寿，因而曾经愿驾螭龙（螭龙无角），西上昆仑，朝西王母，受道受药。可是昆仑瑶台并不像方士说的那样美好。神仙的样子，便很"迂怪"。曹操熟读经书，他当然读过《山海经》。此经记昆仑之丘，为神陆吾所司。陆吾（肩吾）"虎身而九尾，人面而虎爪"。即连西王母也不是美貌如花的仙女，"其状如人，豹尾虎齿而善啸，蓬发戴胜"。这能从他们那得到什么道与药？想来想去，不如不去为妙。转而想到蓬莱。蓬莱、方丈、瀛州乃三神山，诸神不死之药在焉，何不去一游？可是，"周孔圣徂落，会稽（指夏禹）以坟丘"，难道真有所谓"不死之药"？结论是"陶陶谁能度，君子以弗忧"。到此为止，是追述他以前追求要道、神药的荒诞，彻底觉悟了"造化之陶物，莫不有终期"，生老病死是不可抗拒的规律。面对死亡，"君子以弗忧"，不如"爱时进趣"。所以，他在发布《终令》之后，又去打刘备。

此诗最后三语"年之暮，奈何，过时时来微"，是说要做的事正多，可是病了老了，未来的时日不多，恐怕完不成了。因而发出"奈何"之叹。奈何者奈何不了天也。如果联系前句"君子以弗忧"看，就知这不是忧虑个人年寿，而是"世忧不治"。他要趁着还没有死，去进取。他在发布《终令》后，便去打刘备，也就不奇怪了。

以此可以断定此诗为建安二十三年六月发布《终令》时候的作品。

此诗一气呵成。中间用了四个叠句，将所要肯定的问题，引申出来，显得层波迭起。第一个叠句"莫不有终期"，从造化陶物皆有终期，引申出"圣贤不能免，何为怀此忧"。第二个叠句从愿驾螭龙游昆仑，引申出"见期于迂怪"，从而否定了西向游仙。第三个叠句"志意在蓬莱"，从西游但遇迂怪，想掉头东游蓬莱，引申出东游又能如何，周公、孔子、夏禹不是都死了吗？第四个叠句"会稽以坟丘"，从周、孔与夏禹之死，引申出"陶陶谁能度，君子以弗忧"。与前面"圣贤不能免，何为怀此忧"相照应。最后用"年之暮，奈何，过时时来微"结束全诗。语气是沉痛的，但沉痛中犹见"烈士暮年，壮心不已"之志。

此诗劈头三句"厥初生，造化之陶物，莫不有终期"，是总领全诗意旨的奇语。由此三语而后引申出仙道的迂怪、虚妄，在死神面前，无足忧惧。时日虽已无多，事业一日不可休止。整首诗，力透纸背，"建安风力"又一次展现。

鹖鸡赋序

鹖鸡猛气，其斗终无负，期于必死。今人以鹖为冠，像此也。

—— 《大观本草》十九《鹖鸡》

[编年]：

汉献帝建安十年（205）正月。

[笺证]：

严可均《全三国文》卷一魏武帝《鹖鸡赋序》自注云："按魏武赋可见者，仅此三事耳。"三事，谓《鹖鸡赋序》《沧海赋》与《登台赋》。

鹖鸡为雉的一种，体大，色黄黑，头上有毛冠，尾羽很长。

《三国志·武帝纪》末注引《魏书》曾说曹操"才力绝人，手射飞鸟，躬禽猛兽，尝于南皮一日射雉获六十三头"。这是《武帝纪》中唯一一次有关曹操射雉的记载。此六十三头雉中当有鹖鸡。

南皮射雉在何年？《武帝纪》记载：

> 公之围邺也，（袁）谭略取甘陵、安平、勃海、河间。（袁）尚败，还中山，谭攻之，尚奔故安，遂并其众。公遗谭书，责以负约，与之绝婚，女还，然后进军。谭惧，拔平原，走保南皮。（建安九年）十二月，公入平原，略定诸县。（建安）十年春正月，攻谭，破之，斩谭，诛其妻子，冀州平。

建安十年正月攻破南皮，平定冀州，于南皮射雉，何其欢畅！

雉中有鹖鸡，念及此种鸡"其斗终无负，期于必死"，为之作赋与序，以期激励将士，在曹操看来，无疑是一件很有意义的事。将士之猛气，其能不及鹖鸡乎？

沧海赋

览岛屿之所有。

——《文选·吴都赋》刘良注

[编年]：

汉献帝建安十二年（207）九月。

[笺证]：

曹操在建安十二年九月自柳城回军途中，经过碣石，写《步出夏门行·观沧海》。首二语为"东临碣石，以观沧海"。"览岛屿之所有"，亦与《观沧海》"山岛竦峙"之句相合。故可断定此赋与《观沧海》作于同时。

此赋惟余"览岛屿之所有"一语。岛，海中山；屿，海中洲，上有山石。汉时，人们对海中岛屿，抱有种种幻想，以为神仙、怪兽、奇花异木、碧玉珍珠，无奇不有。《山海经·北山经》记碣石之山"其上有玉，其下多青碧"，即是一种悬想、传说。《观沧海》的"东临碣石，以观沧海"，《沧海赋》的"览岛屿之所有"，都表现出了曹操的一种好奇心理。但除了"水何澹澹，山岛竦峙。树木丛生，百草丰茂"以外，他又能看到些什么呢？

登台赋

引长明，灌街里。

——《水经注》卷十《浊漳水　清漳水》

[编年]：

汉献帝建安十六年（211）春。

[笺证]：

按《三国志·武帝纪》记建安十五年（210）"冬，作铜雀台"。《三国志·曹植传》记"时邺铜雀台新成，太祖悉将诸子登台，使各为赋。植援笔立成，可观，太祖甚异之"。注引阴澹《魏纪》记有曹植的《登台赋》，赋中有"仰春风之和穆兮，听百鸟之悲鸣"二句。显而易见，铜雀台建于建安十五年冬，成于十六年春。曹操"悉将诸子登台，使各为赋"，正十六年春铜雀台新成之日。推之于曹操本人的《登台赋》，亦必作于是时。"登台"，登铜雀台也。台以上加铜雀，窗皆铜笼得名。

赋中所云"引长明，灌街里"，则与邺城为曹操所占之后的邺城建筑有关。邺城为我国古代都城之一，为笺证此二语，有一述邺城建筑之必要。

邺城始建于建安十五年冬的"作铜雀台"。铜雀台是"铜雀清商"的发源地，对后世文学艺术的发展，有极大的影响。在邺城中，铜雀台无疑是一个重要的建筑。但曹操对邺城的经营，并不限于铜雀台等建筑群。像对邺城水路与水渠的开凿，他亦负有盛誉。在曹操心目中，是想把邺城建设成为一个北方以至全国的政治、经济、文化中心，以代替已经残破的洛阳的地位，吸引各阶层人士的眼光，促成南北方的统一。下面先说铜雀三台。

《武帝纪》除记述曹操曾作铜雀台外，还记述曹操作了"金虎台"［建安十八年（213）］。在左思《魏都赋》中，又有"三台列峙而峥嵘"之言。另一台何谓？唐《六臣注文选·魏都赋》注云：

> 铜雀园西有三台，中央有铜雀台，南有金凤台（即金虎台，后赵石虎改名），北则冰井台……冰井台上有冰三室与法殿，皆阁道相通，置行为营。

可知另一台为冰井台。铜雀南有金虎，北有冰井，所以，左思说"三台列峙而峥嵘"。

《水经注》写铜雀三台形势，较为详实，并谈到"长明"。此书卷十《浊漳水　清漳水》说：

> 城之西北有三台，皆因城之为基，巍然崇举，其高若山。建安十五年，魏武所起。……其中曰铜雀台，高十丈，有屋百余间。台成，命诸子登之，并使为赋。陈思王下笔成章，美捷当时。……南则金雀台（即金虎台），高八丈，有屋一百九间。北曰冰井台，亦高八丈，有屋一百四十间，上有冰室，室有数井，井深十五丈，藏冰及石墨焉。石墨可书，又然之难尽，亦谓之石炭。又有粟窖及盐，以备不虞。今窖上犹有石铭存焉。左思《魏都赋》曰"三台列峙而峥嵘"者也。

又记曹操西引漳水，经铜雀台下，伏流入城，为长明沟云：

魏武又以郡国之，旧引漳流，自城西东入，径铜雀台下，伏流入城，东注谓之"长明沟"也。渠水又南径止车门下，魏武封于邺，为北宫，宫有文昌殿。沟水（长明沟水）南北夹道，枝流引灌，所在通溉。东出石窦下，注之洹水。故魏武《登台赋》曰："引长明，灌街里。"谓此渠也。

据此可知从建安十五年起，曹操在邺城西北，因城为基，先后建造了铜雀、金虎（金凤、金雀）、冰井三台。北宫的建筑，在建安十八年曹操受封为魏公以后。长明沟的开凿，则当与建造铜雀台同时。

长明沟亦谓之长鸣沟。曹操在邺西十里漳水之上，筑"漳渠堰"，引漳水东流，经铜雀下，伏流入于城中，成为明流。谓之"长明"灌于街里。在城中的长明沟水，被分为两条，自西向东，"南北夹道，枝流引灌，所在通溉"，形成一个水网。然后会合，流经石洞之下，注于洹水。

曹丕《芙蓉池作》有云：

> 承辇夜行游，逍遥步西园。双渠相灌溉，嘉木绕通川。（《全三国文》卷一）

诗中所谓"西园"，即铜雀园；所谓"双渠"，即经铜雀台下流入街里的长明南北二渠。"双渠相灌溉，嘉木绕通川"，写出了长明南北二渠流经之地景致之美。

曹操在邺城所修水道远不止长明二渠。其他尚有：

天井堰。《水经注》卷十《浊漳水 清漳水》说：

> 魏武王又竭漳水，回流东注，号天井堰。里中作十二墱，墱相去三百步，令互相灌注，一源分为十二流，皆悬水门。陆氏《邺中记》云：水所溉之处，名曰晏陂泽。故左思之赋魏都也，谓墱流十二，同源异口者也。

按曹操在漳水上筑堰有两处，一处在邺西十里，称为漳渠堰，水东流入邺城，经铜雀台下而为长明沟。一处在邺城西南，即天井堰。从漳水的流向来说，天井堰在漳渠堰的上游。"十二墱"是说级次泄水之处有十二。"同源"是说同源于漳水。"异口"是说渠口各别。（见《六臣注文选·魏都赋》注）漳渠堰是堰漳水至邺城西北铜雀台下，伏流入城东注；天井堰则是堰漳水东注邺城之南。漳渠堰是在引漳水"灌街里"，天井堰则是在引漳水以灌溉邺南的农田。

万金渠。据嘉靖《彰德府志》引《邺都故事》云：

> 魏都邺后，起石塞堰，自安阳南引洹水入邺……东至洹水县，当时灌田有万金利。

又民国《续安阳县志·万金渠修治记》云：

> 魏武起石堰引洹水入邺，经临漳东达洹水县，溉田有万金利，故名。

则万金渠在堰洹水经邺城东流，以灌溉邺田，其利万金。

利漕渠。《武帝纪》记建安十八年，曹操"凿渠引漳水入白沟（清洹）以通（黄）河"。《水经注》卷十《浊漳水 清漳水》说："汉献帝建安十八年，魏太祖凿渠，引漳水东入清洹以通河漕，名曰利漕渠。"此清洹即《武帝纪》所谓"白沟"。由白沟可通黄河。曹操所开沟通漳水与白沟的沟渠，名为利漕渠。利黄河漕运之入邺城也。

按建安九年（204），曹操攻打邺城，曾"遏淇水入白沟以通粮道"。《水经注》卷九《淇水》说，白沟屈从内黄县东北，"与洹水合"；白沟经罗勒城东，"又东北，漳水注之，谓之利漕口"。此所谓利漕口，即引漳水入白沟的利漕渠之口。自利漕口以下，"清漳、白沟、淇河咸得通称"。这条渠道（利漕渠）的凿成，将漳水、洹水、淇河与黄河连成一气。

漳渠堰，使邺城街里有了流水（长明沟及其支流）。天井堰，使邺城城南获得了丰富的水源。万金渠，使安阳、邺县、洹水县一线的农田得到了灌溉。利漕渠，更将邺城与黄河用一条水路沟通起来。这对邺城一带农业的发展是十分有利的。

铜雀等台的修筑与长明沟等水路的开凿，使邺城的面貌焕然一新。不妨看一下曹丕兄弟与左思的描写。曹植在《登台赋》中写道：

> 从明后（指曹操）而嬉游兮，登层台以娱情。见太府之广开兮，观圣德之所营。建高门之嵯峨兮，浮双阙乎太清。立中天之华观兮，连飞阁乎西城。临漳水之长流兮，望园果之滋荣。仰春风之和穆兮，听百鸟之悲鸣。天云垣其既立兮，家愿得而获逞。

从此赋可以想见铜雀台层楼飞阁，高门双阙，漳水流淌，园果滋荣的景象。"园果"，铜雀园（西园）之果实也。"家愿得而获逞"之句，表明建筑这样的层楼飞阁，是曹操的夙愿，而此夙愿即在把邺城建成一个人们所向往的政治、经济、文化中心。

曹丕《于玄武陂作》写道：

> 兄弟共行游，驱车出西城。野田广开辟，川渠互相经。黍稷何郁郁！……（《全三国文》卷一）

《邺中记》说玄武陂"在漳水南"。漳水在邺城西，故诗谓"驱车出西城"。此诗为我们展现了邺西川渠纵横，禾稷郁郁，一片繁盛景象。

左思《魏都赋》写道：

> 蓄为屯云，泄为行雨，水澍粳稌，陆莳稷黍，黝黝桑柘，油油麻纻，均田画畴，蕃庐错列，薑芋充茂，桃李荫翳。家安其所，而服美自悦；邑屋相望，而隔踰奕世。

屯云，行雨，稉稌，稷黍，桑柘，麻纻，薑芋，桃李，水陆，田庐，色彩斑斓，烘托了一个农业发达的都邑——魏都邺城的出现。

邺城，西北两面都有漳水，西北角有铜雀（中）、金虎（南）与冰井（北）三台。城内的布局是：一条东西大道把整个邺城分为南北二区。长明沟夹大道东流。北区中央是宫城，有文昌殿。宫西置苑，宫东则是贵族居住之地。南区被划为若干坊，是官署与居民区所在地。它开了我国都城建筑"强调全城的中轴安排"的先河。（敦煌文物研究所考古组《敦煌莫高窟北朝壁画中的建筑》，《考古》1976年第2期）而此中轴即把邺城分为南北两区的东西大道及夹道而流的长明沟。

现在想看到曹操《登台赋》的全文，是不可能了。但"引长明，灌街里"二语，却把邺城建筑的中轴安排，点了出来。邺城建筑整个构思，在建安十五年作铜雀台之日，已浮现在曹操的脑海中。《魏书》称曹操"及造作宫室，缮制器械，无不为之法则，皆尽其意"（《武帝纪》注），信有征矣。

家　传

曹叔振铎之后。

——《三国志·蒋济传》注

[编年]：

汉献帝建安四年（199）。

[笺证]：

我在《对酒》一诗的笺证中，为说明曹操此诗写于他入太学之年，曾追述他的父、祖、曾三代。《家传》仅仅保留了"曹叔振铎之后"一语，而此语则关系到谯县曹氏的由来。

对于谯县曹氏的来历，有三种不同的说法。

曹操的祖父曹腾的碑文说："曹氏族出自邾。"（《蒋济传》注）王沈的《魏书》对此说记述较详：

其先出于黄帝。当高阳世，陆终之子曰安，是为曹姓。周武王克殷，存先世之后，封曹侠于邾。春秋之世，与于盟会，逮至战国，为楚所灭。子孙分流，或家于沛。汉高祖之起，曹参以功封平阳侯，世袭爵土，绝而复绍，至今适嗣国于容城。（《三国志·武帝纪》注）

这个说法既然载在曹腾的碑文上，可见本是曹腾承认的说法。但此说带来了两大问题。

其一：

邾国在战国时为楚国所灭。《通志略·氏族略第二》以国为氏朱氏条写道：

> 本邾也，姓曹，其世系见于邾。邾既失国，子孙去邑，以朱为氏。其后盛大者有沛国、丹阳、永城、吴郡、钱塘、义阳、丹阳（？）、太康、河南之九族，显于汉唐间。

可见邾在战国灭亡之后，子孙去邑，改以朱为氏，沛国、丹阳等九族都姓朱，不再姓曹。沛国朱氏来自邾，沛国曹氏如曹参，却很难说是从邾来，有来历不明之嫌。

《氏族略第二》郳氏条还写到郳氏原来也是"曹姓，即小邾"。邾挟（曹侠）七世孙夷父颜有功于周，周封他的次子友父于郳，为小邾国，又称郳国。"后失国，子孙为郳氏"，也不再姓曹。

邾与小邾失国前姓曹，失国后不姓曹，而姓朱，姓郳。以故说沛国谯人曹氏乃至说汉初的沛人曹参出身邾国，与史不合。

其二：

曹操的曾祖父曹节，被称为"处士君"，非官宦人物。加上自称他的"曹氏族出自邾"，而自战国邾国失国之后，散居沛国等地子孙都以朱为姓，无姓曹者，则谯沛曹氏虽然自称他们的祖先中出过曹参，有谁相信呢？给人们的印象不过是来历不明，冒认祖宗罢了。这最足以给曹操的敌人咒骂曹操先世以可乘之机。汉代氏族都重先世出身，来历不明，即使位居列卿，也没有人看得起。

《魏氏春秋》记载了陈琳代袁绍作《檄州郡文》，声讨曹操。文中有云：

> 司空曹操，祖父腾，故中常待，与左悺、徐璜并作妖孽，饕餮放

横，伤化虐民。父嵩，乞丐携养，因赃假位，舆金辇璧，输货权门，窃盗鼎司，倾覆重器。操赘阉遗丑，本无令德，嫖狡锋侠，好乱乐祸。（《三国志·袁绍传》注）

祖父曹腾为宦官，父亲曹嵩为曹腾养子，是事实。但这种咒骂，辱及先人。而这种侮辱，很难说与谯县曹氏来由不明无关。

这是第一种说法。

第二种即是曹操《家传》所说，谯县曹氏为"曹叔振铎之后"。

《宋本广韵》下平声卷二《豪》第六"曹"字注云：

魏武作《家传》，自云曹叔振铎之后。周武王封母弟振铎于曹，后以国为氏，出谯国、彭城、高平、巨鹿四望。

所作解释很清楚。曹植《武帝诔》谓"于穆武王，胄稷胤周"（《蒋济传》注），即承其父之说。

如果说谯县曹氏出自周武王之弟曹叔振铎，就没有改姓的问题了，先世地位也相应提高。《氏族略第二》曹氏条写道：

叔振铎，文王子而武王弟也。武王克商，封之于陶丘，今广济军定陶是也。……至二十四世伯阳立，为宋景公所灭。时鲁哀公八年也。……（伯阳）十五年，为宋景公所灭，子孙以国为氏。

《史记·十二诸侯年表》有曹国，灭于周敬王三十三年（前487）。按《氏族略》的说法，曹国之君在灭国之前是姬姓，灭国之后，改以国为姓，即姓曹。这与邾国、小邾国之君原来姓曹，灭后子孙改姓朱、郳，恰好相反。

曹操"能明古学"（《武帝纪》注引《魏书》）。他说谯国、彭城、高平、巨鹿曹姓四望出自曹叔振铎，理由比出自邾国，要充足得多。从定陶曹叔振铎到灭国后改从曹姓的子孙,到汉初沛人曹参,再到汉末沛国谯县诸曹,似更顺理成章。

曹植的《武帝诔》将"光侯佐汉,实惟平阳(曹参)",接续于"胄稷胤周"之后,无疑曹操《家传》本来也有此说,只是散失。

《魏书》谓曹参适嗣,汉末犹在,"国于容城"。谯县曹氏只能说是曹参的旁支或远房。但曹氏先世由来,毕竟可以说清楚。且因与周文王、周武王挂上了钩,后世虽不显赫,自然亦为"贵胄"。

我疑曹操的《家传》,当作于建安四年,袁绍尽起十万之众,将攻曹操,发布讨伐曹操的《檄州郡文》之后。曹操看到了陈琳代袁绍写的《檄州郡文》。陈琳后来归附曹操,曹操曾对他说:"卿昔为本初(袁绍字)移书,但可罪状孤而已,恶恶止其身,何乃上及父祖邪?"自袁绍发布《檄州郡文》,曹操无疑感到有作《家传》的必要。《家传》当不止述及曹氏之所从出,祖父、父亲事迹,应是《家传》的重点。

司马彪《续汉书》记曹操的曾祖曹节"素以仁厚称。邻人有亡豕者,与节豕相类,诣门认之,节不与争,后所亡豕自还其家,豕主人大惭,送所认豕,并辞谢节,节笑而受之。由是乡党贵叹焉"(《武帝纪》注)。亡豕故事,当出自曹操《家传》。因为这样的故事,不是曹家人是不知道的,没有《家传》,亦无由传世。

《续汉书》又记曹操的祖父曹腾"在省闼三十余年,历事四帝,未尝有过,好进达贤能,终无所毁伤。其所称荐,若陈留虞放、边韶、南阳延固、张温,弘农张奂,颍川堂溪典等,皆致位公卿,而不伐其善"。如此等等,与东汉宦官的恶迹大异其趣。似正对袁绍《檄州郡文》所谓曹腾"与左悺、徐璜并作妖孽,饕餮放横,伤化虐民"而发。我疑亦采自曹操的《家传》。

《续汉书》又记曹操之父曹嵩"质性敦慎,所在忠孝"。这又似《家传》之言,与《檄州郡文》所谓"因赃假位,舆金辇璧,输货权门,窃盗鼎司,倾覆重器",大相径庭。

因此,可断定《家传》写于建安四年袁绍发布《檄州郡文》稍后之日。

到魏明帝时，高堂隆又有一种说法，是为第三说。此说无据，但为明帝论可。

《蒋济传》说高堂隆"论郊祀事，以魏为舜后，推舜配天"。蒋济以为"舜本姓妫，其苗曰田，非曹之先"，著文驳斥高堂隆。但他"亦未能定氏族所出"（《蒋济传》注）。明帝接受了高堂隆的说法，自此，谯县曹氏又把氏族出处由"胄稷胤周"，改为"昔我皇祖有虞"（《禅晋文》之语）。

按虞舜又有二姓，"因姚墟之生而姓姚，因妫水之居而姓妫"（《氏族略第三》姚氏条）。姚姓夏已有之，妫姓始于周时。周武王求得舜后胡公满，封之于陈，以舜居妫水，赐其姓为妫。陈灭于楚，国灭之后，"子孙以国为氏"，遂有陈氏（《氏族略第二》陈氏条）。陈有敬仲者，本胡公满之后，因仕于齐，又为田氏（《氏族略第三》姚氏条）。此即蒋济所说"舜本姓妫，其苗曰田"。又《帝王世纪》写"舜为司徒，子孙氏焉"（辑存本《自皇古至五帝第一》）。由此可知虞舜之后有姚、妫、陈、田、司徒等姓，独无曹姓。《路氏后纪》卷十一《有虞氏》记述舜后诸姓最详，也没有曹氏。由此可知高堂隆说曹魏出于虞舜，较之"曹氏族出自邾"，更难成立。

曹操与建安文学

一、建安文学勃兴的根本原因

汉朝四百年文坛，为辞赋家占领，而他们的作品，多为讴歌畋猎、郊祀、耕藉、京都之作。抒情的作品，寥若晨星。到了建安时代，抒情之作，突然呈现百花竞艳的状态，蔚为奇观。钟嵘说得好：

> （汉朝）自王（褒）、扬（雄）、枚（乘）、马（司马相如）之徒词赋竞爽，而吟咏靡闻。从李都尉（李陵）迄班婕妤，将百年间，有妇人焉，一人而已。诗人之风，顿已缺丧。东京二百载中，惟有班固咏史，质木无文。降及建安，曹公（曹操）父子，笃好斯文，平原兄弟（曹植曾被封为平原侯），郁为文栋，刘桢、王粲，为其羽翼。次有攀龙托凤，自致于属车者，盖将百计。彬彬之盛，大备于时矣。（《诗品》卷上序）

中国的文艺复兴时代到临了。

我国文学何以会在建安时代获得长足的进展？

须知我国哲学的核心问题"天人之际"在建安以前，一直是"天"占主要的地位。汉朝尊崇儒术，占统治地位的思想，是以天人或神人合一为特征的儒学思想。董仲舒《春秋繁露·基义篇》倡言"王道之三纲（君、父、夫）可求于天"。班固《白虎通德论·三纲六纪篇》更把君、父、夫以及诸父、兄弟、族人、诸舅、师长、朋友，抬到了"天地"与"六合"的地位，倡言"以纪纲为化，若罗网之有纪纲而万目张也"。似乎除了这些东西，就再也没有别的了。这是天意、天志、天定、天命，人们除了向天、向三纲六纪低头，别无选择。

东汉是一个神权时代，宫廷中，皇帝公然跪拜天神。《后汉书·桓帝纪》云：

> 前史（《东观记》）称桓帝好音乐，善琴笙，饰芳林而考（成）濯龙（殿名）之宫，设华盖（设华盖之坐，用郊天乐）以祠浮图（佛）、老子，斯将所谓听于神乎？

连皇帝也要"听于神"，庶民怎能不顶礼膜拜？

社会上，在顺帝时产生于蜀郡的五斗米道（道教），正在向江汉与滨海地区传播，并进入宫廷。《魏书·释老志》记道教始祖张陵：

> 受道于鹄鸣，因传《天官章本》千有二百，弟子相授，其事大行。斋祠跪拜，各成法道，有三元九府、百二十官，一切诸神，咸所统摄。……至于化金销玉，行符敕水，奇方妙术，万等千条，上云羽化飞天，次称消灾灭祸。故好异者往往而尊事之。

道教是一种神仙教，自道教产生，求仙之风在社会上兴起。

地方上淫祀繁兴。如城阳景王祠，《风俗通义》卷九云：

> 城阳，今莒县是也。自琅邪、青州六郡及勃海都邑乡亭聚落，皆为立祠，造饰五二千石车，商人次第为之立服带绶，备置官属，烹杀讴歌，纷籍连日，转相诳曜，言有神明，其谴问祸福立应。历载弥

久,莫之匡纠。

由此可见,东汉朝野都被天、被神占领,而儒家三纲六纪之教,借此得以步步咬食人们的心灵。

一声沉雷惊噩梦。

建安时代,天人关系被颠倒过来了。最早、最彻底、影响也最大的颠倒汉代天人关系的人,便是曹操。

曹操自称"性不信天命之事",大声疾呼"天地间,人为贵"(《度关山》),"贵者独人不"(《秋胡行·愿登泰华山》)。他在出任济南相的时候,毁坏了所有城阳景王的祠屋,止绝官吏民不得祠祀。"及至秉政,遂除奸邪鬼神之事,世之淫祀由此遂绝"(《三国志·武帝纪》光和末注引《魏书》)。他三次发布求贤令,公开否定儒家道德教条,但称"唯才是举"。在建安十五年(210)第一个求贤令中,他把"唯才是举"四字作为政策方针提出。在建安十九年(214)第二个求贤令中,他以"陈平岂笃行,苏秦岂守信",而"陈平定汉业,苏秦济弱燕"为言,否定了论者所谓应取有行、有德之士。在建安二十二年(217)第三个求贤令中,他明确提出:"负污辱之名,见笑之行,或不仁不孝,而有治国用兵之术(才),其各举所知,勿有所遗。"这是对儒学的公开挑战。后世帝王之所以丑化曹操,是因为他不仅否定了天命鬼神,而且否定了儒家名教,公然标榜人为贵,才为重,不啻是一个叛逆。

曹操唯一强调的是人,是人的才智或智力。很早,他与袁绍共同起兵之时,便对袁绍说过:"吾任天下之智力,以道御之,无所不可。"[《武帝纪》建安九年(204)]荀攸滞留荆州,他写信给荀攸,又说:"方今天下大乱,智士劳心之时也。"(《三国志·荀攸传》)荀彧说他"明达不拘,唯才所宜"(《三国志·荀彧传》)。郭嘉说他"用人无疑,唯才所宜,不间远近"(《三国志·郭嘉传》)。求才三令的颁布,无疑宣告了汉朝以来的治道、大族儒门赖之以安身立命的根据——儒教的破产。反之,被天命、儒教长期束缚的人们的思想,则得到了解放,蕴藏的创造力,从此可以充分发挥出来。

须要指出，汉末建安时代天人关系的颠倒，并非仅表现在曹操的思想上。如仲长统在《昌言》中提出了"人事为本，天道为末"的思想，这也是一种叛逆思想。他说："威震四海，布德生民，建功立业，流名百世"，由于人事；社会危机的造成，也由于人事，由于"王者所官者，非亲属则宠幸"，并"无天道之学"。他又说：

> 故审我已善不复恃乎天道，上也；疑我未善，引天道以自济者，其次也；不求诸己而求诸天者，下愚之主也。（以上所引均见《全后汉文》仲长统《昌言下》所引《群书治要》）

在他眼里，汉朝那些奉行天命、天道的皇帝，都是"下愚之主"。对皇帝如此大不敬，他可说是第一人。

由否定天道到否定三纲，是仲长统思想上又一个光辉夺目之处。他说到父子关系问题：

> 父母怨咎人，不以正己，审其不然，可违而不报也；父母欲与人以官位爵禄，而才实不可，可违而不从也；父母欲为奢泰侈靡，以适心快意，可违而不许也；父母不好学问，疾子孙为之，可违而学也；父母不好善士，恶子孙交之，可违而友也；士友有患，故待己而济，父母不欲其行，可违而往也。（见《全后汉文》仲长统《昌言下》所引《群书治要》）

这是说，父母做坏事蠢事，子女可违而不从。父为子纲是三纲中的一纲，"三纲法天地"，子对父安可不从？孝悌为仁之本，"孝慈，则忠"（《论语》），忠臣出于孝子之门。在大家族制度时代，没有绝对服从父亲之子，也就没有绝对服从皇帝之臣。没有父为子纲，也就没有君为臣纲。如果说子可以不顺从父亲，那就是反对父为子纲，而反对父为子纲也就是反对君为臣纲,连带三纲六纪将一起发生动摇,汉朝皇帝用以统治人民的罗网就被撕破了。仲长统对可求于天的"王道之三纲"如此不敬,也是首倡。

"父母欲与人以官位爵禄,而才实不可,可违而不从也",表明仲长统也把人才放到了首位。

天人关系的颠倒,德(儒家道德)才关系的颠倒,形成一股潮流。这是由于汉朝进入桓、灵二帝时代,已经走进死胡同,政治、经济与文化都找不到出路。而这种颠倒,就是建安时代文学勃兴的根本原因。

二、西园诗会与铜雀新声

曹操自建安九年(204)占领邺城之后,即在邺城定居。

建安文学的代表人物为曹氏父子:曹操、曹丕、曹植,建安七子:刘桢、王粲、陈琳、阮瑀、徐干、应玚、孔融。孔融其实并不擅长文学,尤其不擅长诗赋。建安十三年(208)赤壁之战以前,因"乱群"为曹操所杀,可从七子中剔除,加入蔡琰。

刘桢、王粲等人,于建安九年至建安十三年间,先后到达邺城。早则如陈琳已于建安九年归向曹操,迟则如王粲于建安十三年襄阳被曹操占领后,北归邺城。他们的会聚使邺城成了建安文学的中心。这个中心的奠基人与领头人便是曹操。

邺城西园为曹氏父子与建安诸子经常游宴与赋诗之地。唐李百药诗:"西园引上才",是写实之作。引的主语是曹操。《文选》卷二十有《公宴诗》三首,为曹植、王粲、刘桢所作。王粲的《公宴诗》题注说:"此侍曹操宴时。"刘桢的《公宴诗》题注说:"此宴与王粲同于邺宫作也。"亦即与王粲同侍曹操宴时所作。曹植的《公宴诗》题注说:"此宴在邺宫与兄丕宴饮。"注者只说是在邺宫饮宴,其实,讲得具体一点,是在邺宫西园。刘桢诗有"辇车飞素盖,从者盈路傍。月出照园中,珍木郁苍苍"之句,曹植诗有"公子(曹丕)敬爱客,终宴不知疲。清夜游西园,飞盖相追随"之句。刘桢诗"月出照园中"的"园",正是曹植诗"清夜游西园"

的"西园"。曹氏父子与王粲、刘桢等文学之士，常在这里聚会，饮酒奏乐赋诗。

《三国志·王粲传》注引《魏略·吴质传》载有曹丕写给吴质的两封信，追怀亡友。其中写到西园之会。第一封信追怀阮瑀，他说：

> 皦日既没，继以朗月，同乘并载，以游后园（西园），舆轮徐动，宾从无声。清风夜起，悲笳微吟，乐往哀来，凄然伤怀。余顾而言，兹乐难常，足下之徒，咸以为然。今果分别，各在一方。元瑜（阮瑀字）长逝，化为异物，每一念至，何时可言？

第二封信追怀徐干、陈琳、应场、刘桢等人，他说：

> 昔年疾疫，亲故多离其灾，徐、陈、应、刘，一时俱逝，痛何可言邪！昔日游处，行则同舆，止则接席，何尝须臾相失！每至觞酌流行，丝竹并奏，酒酣耳热，仰而赋诗。当此之时，忽然不自知乐也。

这是两段极为重要的记载。根据这个记载，可知建安时代，在邺城，出现了我国第一个诗会——西园诗会。成员有曹操父子、建安六子：王粲、刘桢、阮瑀、徐干、陈琳、应场。孔融虽名列七子，并不能诗，且在建安十三年已为曹操所杀。如果从建安十三年诸子于邺城会合算起，至二十二年徐干、陈琳等遇疫而死，西园诗会活动了十年之久。毫无疑问，西园诗会对建安文学的产生起了极大的作用。它是邺城建安文学的灵魂，是我国诗史上的一件大事。

曹丕书中所说"丝竹并奏"四字，不可轻易放过，其中包括西园之会的另一件大事。

王粲的《公宴诗》有"管弦发徽音，曲度清且悲，合坐同所乐，但愬杯行迟"之句。"曲度清且悲"是铜雀新声清商三调的一个显著特点，西园坐中丝竹所奏，正是这种新声。所谓新声，一是曲新，二是辞新。制新辞也就是制新诗,这是建安文学勃兴的又一个侧面。

魏晋南北朝时代,是民谣国俗清商乐的形成与发展时期,而清商乐的发展,肇始于建安时代的铜雀三调。《宋书·乐志一》记宋顺帝升明二年(479),尚书令王僧虔上表谈及:

> 又今之清商,实由铜雀,魏氏三祖(武、文、明三帝),风流可怀,京洛相高,江左弥重。

这是说:南朝盛及一时的清商曲与辞,是从建安铜雀台的艺伎开始的。《乐府诗集·清商曲辞一》说清商乐"其始即相和三调(平、清、瑟)是也,并汉魏以来旧曲,其辞皆古调及魏三祖所作",并不确切。准确一点说,相和三调犹可谓汉魏以来的旧曲,清商乐则源自铜雀,为建安以后的新曲。我们从《宋书·乐志一》对《凤将雏哥》所作的解释,于铜雀三调的翻新,犹可得知一二:

> 《凤将雏哥》者,旧曲也。应璩《百一诗》云:"为作《陌上桑》,反言《凤将雏》。"然则,《凤将雏》其来久矣,将由讹变以至于此乎?

《凤将雏哥》属于清商乐吴声歌曲。《陌上桑》据《乐府诗集·相和歌辞三》引《古今乐录》:"《陌上桑》歌瑟调,古辞《艳歌罗敷行》《日出东南隅》",可归入相和瑟调曲《艳歌行》一类。《宋书》的话告诉我们:清商乐《凤将雏》是由汉相和瑟调曲《陌上桑》"讹变"而来。因为《凤将雏》曲调与《陌上桑》相近,所以"为作《陌上桑》,反言《凤将雏》"。可注意的是,说这两句话的人应璩,是建安七子之一应场之弟,表明建安时期已有人将相和三调翻新。就《陌上桑》来说,它是汉相和瑟调曲,就《凤将雏》来说,它是建安铜雀三调中的瑟调曲,只不过脱胎于《陌上桑》而已。

从曹操开始,大量创作三调新曲新辞,由铜雀台艺人演唱。

《乐府诗集》记载建安时代的平调曲（以角为主。曹操诗《秋胡行·晨上散关山》所谓"作为清角韵"是也），有曹操写的《短歌行》三首；曹丕写的《短歌行》一首，《猛虎行》一首，《燕歌行》三首；王粲写的《从军行》五首。清调曲（以商为主），有曹操写的《苦寒行》二首，《塘上行》一首，《秋胡行》二首；曹丕写的《秋胡行》一首；曹植写的《吁嗟篇》一首，《豫章行》一首。瑟调曲（以宫为主），有曹操写的《善哉行》二首，《步出夏门行》一首，《却东西门行》一首；曹丕写的《善哉行》四首，《丹霞蔽日行》一首，《折杨柳行》一首，《饮马长城窟行》一首，《上留田行》一首，《大墙上蒿行》一首，《艳歌何尝行》一首，《敦煌京洛行》一首，《月重轮行》一首；曹植写的《当来日大难》一首，《丹霞蔽日行》一首，《野田黄雀行》三首；陈琳写的《饮马长城窟行》一首。共四十三首之多。其中平调曲十三首，清调曲八首，瑟调曲二十二首。

这四十三首曲辞，是建安文学的重要组成部分，是"魏响"。

铜雀台在邺城西，西园即铜雀园（见《登台赋》笺证）。西园诗会与铜雀新声二者，有密不可分的关系。西园诗会所演奏的音乐，即铜雀三调，所唱的曲辞，即曹操等诗人所制的三调新辞。艺人为铜雀歌伎。

然则，西园诗会与铜雀新声于我国文学与艺术史上，都值得大书特书。惜乎千百年来，惟李百药注意到了曹操"西园引人才"。

三、建安风力

建安文学表现出了一种特有的风力或风骨，于后世文学，有极大的影响。

"建安风力"四字，是钟嵘在《诗品》中提出来的。他评曹植诗："骨气奇高，词彩华茂，情兼雅怨，体被文质，粲溢今古，卓尔不群。"评刘桢诗："仗气爱奇，动多振绝，贞骨凌霜，高风跨俗。但气过其文，雕润恨少。然自陈思（曹植）以下，桢称独步。"曹丕在《典论·论文》中曾说"文以气为主"。钟嵘所谓"风力"，从他对曹植诗、刘桢诗的评论，可知即是指"气"或"骨气"。

对气、骨气、风、风力说得较为清楚的是刘勰。刘勰《文心雕龙》有《风骨篇》，刘勰所说的"风"，即"风力"，与情相通，亦谓之"气"。"骨"则与辞相通。他解释说：

> 辞之待骨，如体之树骸；情之含风，犹形之包气。……故练于骨者，析辞必精；深乎风者，述情必显。……若瘠义肥辞，繁杂失统，则无骨之证也；思不环周，索莫乏气，则无风之验也。……故魏文（曹丕）称"文以气为主"……情与气偕，辞共体存。……蔚彼风力（可知刘勰说的风即风力），严此骨鲠。

风、风力、气，来自文章内容的思想感情。刘勰以为情（内容）是主要的、根本的。"情动而言形"（《文心雕龙·体性篇》），"因情立体，即体成势"（《文心雕龙·定势篇》）。他认为曹丕所说"文以气为主"，也就是这个意思。建安文学在风或风力上，符合这种要求。

骨则来自辞，辞要精，要能表达思想感情。"辞共体存"，虽然辞是形式，但不能不讲求。他说："情者文之经，辞者理之纬。经（情）正而后纬（辞）成，理定而后辞畅。"（《文心雕龙·情采篇》）这即是说，内容和形式应当统一。这种统一，正是《文心雕龙》"立文之本源"。而建安文学在骨上也是符合这个要求的。即在注重思想内容的同时，也注重了辞彩形式。

建安风力或风骨，古人解释虽多，但不清楚。至于建安文学的风力从何而来，古人则未论及。

建安风力来自建安文学的现实主义精神，而这种现实主义又是与浪漫主义结合在一起的。从汉朝说起，汉赋大都是夸张帝王狩猎声势、宫殿巍峨的作品，真可说是"思不环周，索莫乏气""瘠气肥辞，繁杂失统"。情辞并茂的东西太少。建安文学则不同，它与现实主义紧密联系起来了。建安文人运用五言诗和小型赋的形式，描写社会现状，揭露政治黑暗，抒发个人的情怀与理想，显得风骨奇高。而这种描写、揭露、抒发，又往往与浪漫主义相结合，往往奇语劈空而下，给建安文学的现实主义内涵，披上了一层光彩绚烂的外衣。这使建安文学情辞均达到了上乘境界，风力或风骨愈拔愈高。

倡导建安风力，振发魏响的人物是曹操。

留传下来的曹操的诗歌虽然不多，但描写面至为广阔，不仅有写社会现状、行军艰苦、思乡情怀之作，而且有史诗、言志诗、理想诗、游仙诗。而无论哪一种诗，无不立足于现实的基础之上，无不与浪漫主义结合，无不在抒发个人情怀。既是自鸣的，又足以引起共鸣。既有硬语盘空而起，又有奇语劈空而下。

这里不能一一分析，读者自可参阅本书各首诗的笺证。但举古人评语为例，略加说明。

《薤露》：

钟惺云："汉末实录，真诗史也。"（《古诗归》卷七）

方东树云："此诗浩气奋迈，古直悲凉，音节词旨，雄恣真朴。一起（惟汉二十二世，所任诚不良）雄直高大，收二句（瞻彼洛城郭，微子为哀伤）妙，莽苍悲凉，气盖一世。"（《昭昧詹言》卷二）

"实录""诗史"，可谓标准的现实主义。"一起雄直高大，收二句妙，莽苍悲凉，气盖一世"，即用了浪漫主义的笔法。此诗可谓现实主义与浪漫主义高度结合的产物。

《蒿里行》：

陈祚明云："此咏关东诸侯，'军合'四句，足尽诸人心事，'白骨'四句悲哀。笔下整严，老气无敌。"（《采菽堂诗集》卷五）

钟惺云："看尽乱世群雄情形，本初（袁绍）、公路（袁术）、景升（刘表）辈落其目中掌中久矣。"（《古诗归》卷七）

此诗也是现实主义与浪漫主义高度结合的产物，不然，咏关东诸侯，何以能"老气无敌"？何以能"足尽诸人心事""看尽乱世群雄情形"，使袁绍之流，落其目中掌中？

《步出夏门行·观沧海》：

钟惺云："直写其胸中眼中一段笼盖吞吐气象。"谭元春云："亦自有'五岳起方寸，隐然讵能平'意。"（《古诗归》卷七）

沈德潜云："有吞吐宇宙气象。"（《古诗源》卷五）

所谓"直写其胸中眼中一段笼盖吞吐气象"，是写实的，但又有浪漫主义的手法，二者天衣无缝，融在一起，所以才使人有"五岳起方寸，隐然讵能平""吞吐宇宙"之感。

这样的诗，毫无疑问，足可领袖文坛群英，开建安一代诗风。古人说过："曹公诗气雄力坚，足以笼罩一切，建安诸子未有其匹也。"（刘熙载《艺概》卷二《诗概》）"子建诗虽独步七子……然终不似孟德苍茫浑健，自有开创之象。"（徐世溥《榆溪诗话》）论建安风力，不能忘记，曹操是建安风力的首创者、肇始人。

曹操诗的风格是建安诗人的共同风格。略举两首以见。

曹植《送应氏诗》写洛阳与洛阳一带的残破云："垣墙皆顿擗，荆棘上参天。不见旧耆老，但睹新少年。侧足无行径，荒畴不复田。游子久不归，不识陌与阡。中野何萧条，千里无人烟。念我平常居，气结不能言。"这真是"瞻彼洛城郭，微子为哀伤"。不过曹操的《薤露》是史诗，此首则为写实。虽内容有异，而风格正同。

王粲《七哀诗》写长安残破云："出门无所见，白骨蔽平原。路有饥妇人，抱子弃草间。顾闻号泣声，挥涕独不还。未知身死处，何能两相完！"这真是"白骨露于野，千里无鸡鸣。生民百遗一，念之绝人肠"。《蒿里行》是写东方的情况，此则为写西方，风骨正同。

这都是"魏响"，弥见风力，曹操作了先驱。

解开千年之谜《短歌行·对酒当歌》

一、《短歌行·对酒当歌》之谜

读曹操的《短歌行》"对酒当歌"一章，首先会碰到一个问题，何者才是原作？《乐府诗集》卷三十《相和歌辞五》所记本辞与晋乐所奏是不同的。晋乐所奏歌辞见于《宋书》卷二十一《乐志三》，本辞见于梁昭明太子《文选》。而《文选》本辞又有唐李善注六十卷本与唐六臣注三十卷本的不同。记载最完整的是《文选》唐六臣注三十卷本，全辞是：

> 对酒当歌，人生几何，譬如朝露，去日苦多。慨当以慷，忧思难忘，何以解忧，唯有杜康。青青子衿，悠悠我心，但为君故，沉吟至今。呦呦鹿鸣，食野之苹，我有嘉宾，鼓瑟吹笙。明明如月，何时可掇，忧从中来，不可断绝。越陌度阡，枉用相存，契阔谈䜩，心念旧恩。月明星稀，乌鹊南飞，绕树三匝，何枝可依？山不厌高，海不厌深，周公吐哺，天下归心。（卷二十七《乐府》）

唐李善注本《文选》，缺"但为君故，沉吟至今"二语。这在六臣注本《文选》中已有说明（六臣注本在"但为君故，沉吟至今"下注有"善本无此二句"）。《乐府诗集》所记本辞，与李善注本《文选》相同，也缺了"但为君故,沉吟至今"二语。那么,是李善注本正确还是六臣注本正确呢?

按《六臣注文选》所载吕延祚进五臣(不包括吕延祚)集注《文选》表说道:"臣览古集,至梁昭明太子所撰《文选》三十卷,阅玩未已。""往有李善,时谓宿儒,推而传之,成六十卷。"可是这六十卷,"使复精核注引,则陷于末学;质访指趣,则岿然旧文。只谓搅心,胡为析理"?他"惩其若是,志为训释",遂求得吕延济、刘良、张铣、吕向、李周翰等五人重新作注,并恢复为三十卷。六臣注本《文选》三十卷,是梁昭明太子《文选》三十卷的原本。所记《短歌行》"但为君故,沉吟至今"二语,晋乐所奏也是有的。而李善注本《文选》卷数有更动,所记《短歌行》缺"但为君故,沉吟至今"二语,绝非原辞如此。

晋乐所奏《短歌行》的歌辞:

> 对酒当歌,人生几何,譬如朝露,去日苦多。慨当以慷,忧思难忘,以何解愁,唯有杜康。青青子衿,悠悠我心,但为君故,沉吟至今。明明如月,何时可掇,忧从中来,不可断绝。呦呦鹿鸣,食野之苹,我有嘉宾,鼓瑟吹笙。山不厌高,海不厌深,周公吐哺,天下归心。

《乐府诗集·相和歌辞五》记载此辞有一个注:"'以何解愁',下一曲本辞作'何以解忧'。此或为乐人所改。"又清陈沆《诗比兴笺》卷一说及:"《文选》'明明如月'一解在'呦呦鹿鸣'之下,文意颇阂,今依《宋书·乐志》更正。"而《宋书·乐志》所记,即晋乐所奏《短歌行》。晋乐所奏把"明明如月"一解放到了"呦呦鹿鸣"之上。陈沆以为这样文意才无隔阂。可这只能表明陈沆不懂得《短歌行》。晋乐所奏不仅辞有更改,句有颠倒,而且删去了"越陌度阡"与"月明星稀"等八句。《短歌行》在晋乐中失去了原貌,不可误以为是本辞。

至于唐欧阳询《艺文类聚》所载《短歌行》(卷四十二《乐部二·乐

府》），就更不可信了。明谢榛《四溟诗话》卷一写道：

> 及观《艺文类聚》所载魏武帝《短歌行》曰："对酒当歌，人生
> 几何，譬如朝露，去日苦多。明明如月，何时可掇？忧从中来，不可
> 断绝。月明星稀，乌鹊南飞，绕树三匝，何枝可依？山不厌高，水不
> 厌深，周公吐哺，天下归心。"欧阳询去其半，尤为简当，意贯而语
> 足也。

由于自己解释不了而大删原辞，削去一半；由于自己不懂而说这种删削，使原辞"简当，意贯而语足"，真可谓强不知以为知，以不通代其通。

据上所述，可知只有《六臣注文选》所载《短歌行》是原辞。下面再说唐朝以来，人们对《短歌行》原辞的解释。

可以这样说，所有的解释，不是望文生义，捕风捉影，便是责怪歌辞意不连贯，欣赏前人的删削倒置。

一是"当及时为乐"说。

这可以唐吴兢、清沈德潜的说法为代表。吴兢在《乐府古题要解》卷上谈《短歌行》中说："右魏武帝'对酒当歌，人生几何'，晋陆士衡'置酒高堂，悲歌临觞'，皆言当及时为乐。"沈德潜在《古诗源》卷五谈《短歌行》时说："言当及时为乐也。"这种说法，清人已有驳斥。张玉谷《古诗赏析》卷八论及《短歌行》，以为这是"叹流光易逝、欲得贤才以早建王业之诗"，批评吴兢"解题'谓当及时行（为）乐'，何其掉以轻心"！其实，我们只要读一读曹操的其他诗篇，就知"当及时为乐"之说不能成立。

曹操在《步出夏门行·龟虽寿》中，不是写过"老骥伏枥，志在千里。烈士暮年，壮心不已"吗？在《秋胡行·愿登泰华山》中，不是写过"不戚年往，世忧不治"吗？这与所谓"当及时为乐"的思想心情，不是大相径庭吗？然则，吴兢所用来证明"言当及时为乐"的语句"对酒当歌，人生几何"，又当作何解释呢？它与"烈士暮年，壮心不已""不戚年

往,世忧不治",是极不协调的。惜乎无人注意过。

二是"横槊赋诗"说。

"横槊赋诗",较之于"当及时为乐",感情不可同日而语。但出于文人想象,并非历史事实。

"横槊"二字,最初见于萧子显《南齐书》卷二十八《桓荣祖传》。此传记桓荣祖的话说:"昔曹操、曹丕上马横槊,下马谈论,此于天下可不负饮食矣。"这里没有"赋诗"二字。第一个把"横槊"与"赋诗"联结起来的人,是唐朝的诗人元稹。《元氏长庆集》卷五十六《唐故工部员外郎杜君墓系铭并序》说:

> 建安之后,天下文士遭罹兵战,曹氏父子鞍马间为文,往往横槊赋诗,故其抑扬冤哀存离之作,尤极于古。

从此,"横槊赋诗"四字不胫而走。

影响最大的是宋人苏轼的《前赤壁赋》。元稹虽然讲了"横槊赋诗",但未讲赋的是何诗,且主语是曹操与曹丕二人。到《前赤壁赋》中,变成了赋《短歌行·对酒当歌》,主语是曹操一人。且有时间:赤壁之战前夕。其言云:

> "月明星稀,乌鹊南飞",此非曹孟德之诗乎?西望夏口,东望武昌,山川相缪,郁乎苍苍,此非孟德之困于周郎者乎?方其破荆州,下江陵,顺流而东也,舳舻千里,旌旗蔽空,酾酒临江,横槊赋诗,固一世之雄也,而今安在哉?

从此,曹操在赤壁之战的前夜,摆酒于长江战船之上,横槊而赋《短歌行·对酒当歌》,成了一段历史佳话。可苏轼这段话是借客人之口说的,且用了几个问号,是一个不确定的说法。

据上所述,可知"横槊赋诗"之说有一个演化的过程。即由曹操父子上马横槊，下马谈论，演化为曹操父子横槊赋诗，再演化为赤壁之战的前夜，曹操酾酒临江，横槊而赋《短歌行》。这本来是不可信的，可今日凡写赤壁之战的文学艺术作品，几乎普遍采用了这种富有传奇色彩的说法。

三是"意多不贯"说。

认为曹操《短歌行·对酒当歌》意多不贯或不连贯的人，历来不少。明谢榛《四溟诗话》卷一引刘才甫的话说："魏武《短歌行》意多不贯，当作七解可也。"谢榛自己也说："'沉吟至今'，可接'明明如月'，何必《小雅》哉？"（指"鹿鸣"四句）他非常欣赏欧阳询《艺文类聚》所载歌辞削去其半。刘才甫、谢榛未去追寻"意多不贯"的原因，清吴淇《六朝选诗定论》卷五《短歌行》却去追寻了。吴淇说："盖一厢口中饮酒，一厢耳中听歌，一厢心中凭空作想，想出这曲曲折折，絮絮叨叨，若连贯，若不连贯，纯是一片怜才意思。"他想得很美，可这只是吴淇之想，不是曹操之想。谢榛说"何必《小雅》"，同为明朝人的钟惺、谭元春在《古诗归》中却说："'青青子衿'二句，'呦呦鹿鸣'四句，全书三百篇，而毕竟一毫不似，其妙难言。"（卷七）他们穿行在迷雾之中，路，他们之中那一个人也没有找到。

比较一下前人为使《短歌行》歌辞意思连贯，从而删去的语句，是很有意思的。晋乐所奏删去的是"越陌度阡，枉用相存，契阔谈宴，心念旧恩。月明星稀，乌鹊南飞，绕树三匝，何枝可依"。欧阳询《艺文类聚》删去的是"慨当以慷，忧思难忘，何以解忧，唯有杜康。青青子衿，悠悠我心，但为君故，沉吟至今。呦呦鹿鸣，食野之苹，我有嘉宾，鼓瑟吹笙"，还有"越陌度阡，枉用相存，契阔谈宴，心念旧恩"。两者都删去了"越陌度阡"四句。晋乐所奏未删《诗经》原诗，《艺文类聚》则将所引《诗经》原诗全部删除。为什么两者都要删去"越陌度阡"四句呢？只有一个解释，即这四句特别难解。既然是曹操的话，那就要问："越陌度阡"，曹操要到哪里去呢？"枉用相存"，曹操承蒙谁的错爱呢？这谁也回答不了。《艺文类聚》之所以要删去《诗经》原诗，可用谢榛的话"何必《小雅》"来答复。

由此看来，从前没有人把曹操的《短歌行·对酒当歌》一首解释清楚，此辞成了一个千年之谜。

二、春秋宴会上宾主的唱和，汉乐府《短歌行》为何乐

往年在清华大学研究院，听陈寅恪先生讲课，他的文史互证的方法，极大地感染了我，影响了我。陈先生的方法，体现在《元白诗笺证稿》一书中。很早，我便想运用陈先生文史互证之法，重新研究并解释曹操的诗歌，而首先要解释清楚的，便是《短歌行·对酒当歌》一首。因为这首诗的疑点太多，是千年未解之谜。我曾怀疑此诗是不是宴会时宾主相互酬唱之辞，但时间、地点不能确定，要证实也就难了。近年研究曹操，了解到建安元年（196），曹操曾在许都招贤，宴会频繁，联系春秋以来燕飨宾客要相互唱诗，再读《短歌行》，使我豁然通解：此诗三十二句，是八句一组，第一组和第三组两个八句，是宾客的唱辞；第二组和第四组两个八句，是曹操的答辞。产生的时间即在建安元年，产生的地点即在作为新都的颍川郡的许县。简言之，即在建安元年许都接待来宾的宴会之上。第三部分将对此诗做出详细的解释。这里需要将春秋以来宴会宾客时宾主唱诗的习俗及汉朝《短歌行》的性质，作一个说明。

按《周礼·大宗伯》说到大宗伯有一个职责："以飨燕之礼亲四方之宾客。"《仪礼·燕礼》说到燕飨之乐："工歌《鹿鸣》《四牡》《皇皇者华》。……笙奏《南陔》《白华》《华黍》。……乃间歌《鱼丽》，笙《由庚》；歌《南有嘉鱼》，笙《崇丘》；歌《南山有台》，笙《由仪》。遂歌乡乐：《周南》《关雎》……《采苹》。"由此可见，西周之时，燕飨宾客便要唱诗。所唱为已有的诗歌篇章，唱的人是"工"，即乐工。另有"笙人"奏乐。乐工所歌《鹿鸣》有"鼓瑟吹笙"之句。"笙人"即吹笙之人。

西周燕飨宾客要唱诗的礼仪风俗，后世继承下来，但有变化。春秋时燕飨宾客，不是由乐工唱诗了，而是宾主互相酬唱，以表达心愿与要求。所唱的诗，间或有自己的创作。唱诗在《春秋左氏传》中名之为"赋"。

此所谓"赋"有两个意思:"或造篇,或颂古。"(郑玄语)"造篇"就是创作,"颂古"就是引用原有的诗章。造篇或颂古都是为了表达双方的思想感情与要求。

《春秋左传注》(中华书局1981年版,第31页)隐公三年(前720)"卫人所为赋《硕人》也"句下注云:"此'赋'字及隐元年传之'公入而赋''姜出而赋',闵二年传之'许穆夫人赋《载驰》''郑人为之赋《清人》',文六年传之'国人哀之,为之赋《黄鸟》',皆创作之义"。概括得很清晰。可注意的是这种创作或"造篇",也有相互唱和的。隐公元年的"公入而赋:'大隧之中,其乐也融融。'姜出而赋:'大隧之外,其乐也泄泄。'"便是一个实例。创作诗章,互相酬唱,春秋人已开其端。

属于引用已有诗章,互相酬唱的,例子则很多。这大都是在宴会上所唱,先唱的可以是主人,也可以是被燕飨的宾客。取义可以是全篇,也可以是篇中的几句话(断章取义)。举例如下:

宾客先唱,主人后答的,如《左传》僖公二十三年(前637)记秦穆公宴请晋公子重耳:

> 公子赋《河水》。(杜注:"《河水》,逸诗,义取河水朝宗于海,海喻秦。")公赋《六月》。(《国语·晋语四》韦注:"此言重耳为君,必霸诸侯,以匡佐天子。")

客人重耳先赋,主人秦穆公后赋。赋以意尽而止,重耳、秦穆公各赋一次,便已尽意,故无须再赋。客人先表示向慕之情,主人反过来称赞客人。

又如《左传》文公十三年(前614)记郑穆公与鲁文公宴于棐,用郑子家与鲁季文子的互唱诗,表达了郑欲援引晋国,希望鲁国为郑奔走撮合,鲁先拒后允之意。传云:

> 子家赋《鸿雁》,季文子曰:"寡君未免于此。"文子赋《四月》。

（顾炎武《补正》谓取《四月》"乱离莫矣""维以告哀"之意以拒之。此即断章取义）子家赋《载驰》之四章，文子赋《采薇》之四章。（义取"岂敢定居"，允许为郑国奔走，再到晋国去，为之谋成）郑伯拜，公答拜。

这里，第一次酬唱，鲁国未答应，意犹未尽，因而有第二次酬唱，鲁国终于答应为郑奔走。第二次酬唱不是第一次酬唱的重复，而是发展。唱者不是郑君与鲁君，而是他们的代表子家与季文子。但像重耳和秦穆公所赋，是不能用代表的。

主人先唱，宾客后唱的，如《左传》襄公二十六年（前547）所记：

> 齐侯、郑伯为卫侯故如晋，晋侯兼享之。晋侯赋《嘉乐》。国景子相齐侯，赋《蓼萧》（取"既见君子，孔燕岂弟，宜兄宜弟"诸句之意）。子展相郑伯，赋《缁衣》（"适子之馆兮，还，予受子之粲兮"诸句之意）。叔向命晋侯拜二君，曰："寡君敢拜齐君之安我先君之宗祧也，敢拜郑君之不二也。"（故意误会其意，不欲释放卫侯）……国子赋《辔之柔矣》（杜注："逸诗，见《周书》，义取宽政以安诸侯，若柔辔之御刚马。"），子展赋《将仲子》（杜注："义取众言可畏。"），晋侯乃许归卫侯。

晋侯先赋《嘉乐》，含有迎宾之意。但从上述重耳、秦穆公酬唱之例，客人先赋对主人之国的仰慕，可知燕飨宾客，并非都是主人先唱迎宾之辞。晋侯是自赋。宾客齐、郑二君则由相代赋。晋侯只赋一次，齐、郑二国之相则赋了两次。这又是一种赋法。

又如《左传》昭公元年（前541）记晋赵孟、鲁叔孙豹、曹大夫至郑国，郑简公"兼享之"，有云：

> 赵孟为客，礼终乃宴。穆叔赋《鹊巢》，赵孟曰："武不堪也。"

又赋《采蘩》，曰："小国为蘩，大国省穑而用之，其何实非命？"（这是自赋自解）子皮赋《野有死麇》之卒章。（杜注："喻赵孟以义抚诸侯，无以非礼相加陵。"）赵孟赋《常棣》（杜注："取其凡今之人莫如兄弟，言欲亲兄弟之国。"），且曰："吾兄弟比以安，尨也可使无吠。"穆叔、子皮及曹大夫兴拜，曰："小国赖子，知免于戾矣。"饮酒乐，赵孟出，曰："吾不复此矣。"

此例表明与宴的人可以彼此相赋相语，无一定的程式。

宴会中有没有宾客唱了，主人不答唱，或者主人唱了，宾客不答唱的呢？按燕礼，这是没有的。《左传》有一个不答唱的例子，文公四年（前623），记"卫宁武子来聘，公与之宴，为赋《湛露》及《彤弓》，不辞又不答赋"。宁武子之所以不辞又不答赋，是因为《湛露》为"天子燕诸侯"诗，《彤弓》谓"天子赐有功诸侯"以彤弓，二者均为"天子之乐"。鲁文公赋此二诗是非礼，宁武子不能答赋。这只可说是一个特殊的例子，通常宴会无不是宾主互相唱酬。

据上所述，可以了解自春秋以来，宾主在宴会上相互赋诗，或自创（造篇），或引用已有的诗章（颂古），表达自己的心意，是宴礼中一个必不可少的组成部分，或者说，一个中心内容。一人独唱是不存在的，双方都不唱也是不存在的，因为不合燕飨之礼。宴饮宾客要唱诗，最早可以在西周的燕礼中找到。但西周是由乐工在宴会上唱诗，且有一定的程式。这种宴乐不太可能把宾主双方的意愿唱出来。到春秋时代，乐工唱诗遂为宾主之间的互相唱酬所代替。

汉朝以后，宴会宾客仍然要唱诗，不过又有变化。自汉武帝创置乐府，所唱的诗，主要不是《诗经》的篇章，而是乐府的歌辞了。但引用《诗经》的篇章并未绝迹。《乐府诗集》卷十三《燕射歌辞一》说道："晋荀勖以《鹿鸣》燕嘉宾……荀讯《鹿鸣》之失，似悟昔缪，还制四篇，复袭前轨，亦未为得也。终宋、齐以来，相承用之。""以《鹿鸣》燕嘉宾"，是西周以来的旧俗。汉以后一直沿用下来。但它是"颂古"，完全承袭

《诗经》，很难表达后世人们的思想感情，因而不能不让位于乐府诗歌。

汉乐府《短歌行》便是宴乐。《短歌行》属于相和平调曲。《宋书》卷二十一《乐志三》说过："相和，汉旧歌也。"《乐府诗集》卷三十《相和歌辞五·平调曲一》引《古今乐录》又说过："王僧虔《大明三年宴乐技录》，平调有七曲：一曰《长歌行》，二曰《短歌行》……其器有笙、笛、筑、瑟、琴、筝、琵琶七种，歌弦六部。"这完全可以说明汉乐府相和平调曲《短歌行》为宴乐。作为宴乐，配有笙、瑟等七种乐器。

唱辞是不是袭用已有的乐府歌辞呢？不是的。自汉哀帝"罢乐府官"（《汉书》卷二十二《乐府志》），不再采诗夜诵，应用于宴会宾客的乐府歌辞，更多的是自制（造篇）。而因为燕飨宾客，不是主人或宾客一人独唱，这种自制，是既有主人的歌辞，也有宾客的歌辞。如果无即席赋诗之才，大可事先一切准备就绪。宾主的歌辞合在一起，便成为一首完整的乐府诗流传下来。这却不知误了多少后世人，以为是一人独作。

生活于汉末的曹操，他的《短歌行·对酒当歌》，毫无疑问，是宴乐歌辞。因为第一，《短歌行》（相和平调曲）为宴乐，王僧虔已有著录；第二，歌辞中有"呦呦鹿鸣"之句，"以《鹿鸣》燕嘉宾"，自春秋历战国、秦、汉、魏、晋至宋、齐，一直承袭下来。这在《乐府诗集·燕射歌辞》中已有说明。

清人王尧衢曾看出《短歌行·对酒当歌》为宴乐歌辞。他在《古唐诗合解》卷三中，谈到《短歌行》时说："孟德于功业未建之日，当燕饮而作乐。"并说："此时宾朋宴集，而兴求友之思，有为之长思而沉吟至今者。如嘉宾在座，则鼓瑟吹笙以乐之。咏《鹿鸣》之诗，盖取乐宾之义耳。"他说此诗是"当燕饮而作""咏《鹿鸣》之诗，盖取乐宾之义"，是一个卓识。《诗经集传》卷四《小雅·鹿鸣》朱熹注云："此燕飨宾客之诗也。……故先王因其饮食集会而制为燕飨之礼，以通上下之情。而其乐章又以'鹿鸣'起兴，而言其礼意之厚如此。"朱熹且解释了诗中的"我"为"主人"，"宾"为"所燕之客"，"瑟、笙"为"燕礼所用之乐"。而瑟、笙正是相和平调曲《短歌行》所用的七种乐器中的两种。曹操咏《鹿鸣》

之诗，恰可证明《短歌行·对酒当歌》是"当燕饮而作"。

遗憾的是，王尧衢仍旧认为《短歌行·对酒当歌》是曹操一人所作，一人独唱，因此得出了"以'明明如月'而恨不能拾取，遂忧之不忘，则其暗奸天位之心久矣"这种非常错误的论断。一方独唱，大乖燕礼，自春秋以来是不存在的。必宾主对答而后可以尽礼。曹操引用"青青子衿，悠悠我心"及《鹿鸣》之诗，正是春秋宴会之际，宾主互相引用《诗经》篇章酬唱的遗风，只不过把它作为配角，与他自己所创造的一起，放到相和平调曲宴乐《短歌行》中去唱罢了。《短歌行·对酒当歌》记录的是宾客和曹操在宴会上酬唱的诗，自"青青子衿"到"鼓瑟吹笙"，是此诗中曹操所唱的第二个八句。他这种引用，正好把他唱的《短歌行》中第二个八句，与宾客制、唱的第一、第三两个八句区别开来。

三、《短歌行·对酒当歌》为建安元年许都招贤宴会上宾主酬唱记录的歌辞

如果具体的历史背景不清楚，单从春秋以来宴会上宾主酬唱之俗，还不足以说明《短歌行·对酒当歌》是饮宴之时宾主酬唱之辞。我近年研究曹操，了解到曹操底下许多人物，都是曹操迎献帝到许县的那一年［建安元年（196）］，曹操在新都招贤，从四面八方，特别是从汉末避难之地南方的荆、扬二州，"越陌度阡"，来到许都的。再读《短歌行·对酒当歌》，使我深信这首"当燕饮而作"的诗，是建安元年许都招贤的产物，是当年宴集宾客时，曹操与前来投奔的宾客互相酬唱之辞，而非曹操一人所咏。下面先说许都招贤，而后分析此诗。

《艺文类聚》卷五十二载有曹操的《陈损益表》，惜已不全，但从中可以看到他从建安元年迎献帝都许县起，便定下了"用贤任能""富国强兵"的方针。表文如下：

> 陛下即祚，复蒙试用，遂受上将（行车骑将军）之任，统领二州（兖与司隶）。内参机事（司空、录尚书事），实所不堪。昔韩非闵韩

之削弱，不务富国强兵，用贤任能。臣以区区之质，而当钟鼎之任；以暗钝之才，而奉明明之政，顾恩念责，亦臣竭节投命之秋也。谨条遵奉旧训权时之宜十四事，奏如左（下）。……

在这个《陈损益表》中，曹操借韩国的削弱在于"不务富国强兵，用贤任能"，把"富国强兵，用贤任能"，当作他的施政方针，并且提出了具体政策"十四事"。十四事虽已失传，但我们从他的方针与建安元年起所实行的政策中，犹可窥见他的具体方案。这里要谈的是建安初他在许都的"用贤任能"。

从《三国志》中可以看到，自建安元年任司空、录尚书事起，曹操便在许都招贤，放手选用贤能之士。这其实就是在推行他后来提出的"唯才是举"的政策。四方人士听到献帝都许，曹操于建安元年表征王朗，裴松之在注中引了孔融写给王朗的一封信，内中说：

> 主上（献帝）宽仁，贵德宥过。曹公辅政，思贤并立，策书屡下，殷勤款至。知棹舟浮海，息驾广陵，不意黄熊突出羽渊也。谈笑有期，勉行自爱！

孔融所说"曹公辅政，思贤并立，策书屡下，殷勤款至"，反映了许都初建之际，曹操思贤若渴的心情与招贤之勤。《后汉书·祢衡传》对曹操在建安元年于许都招贤之举，作了一个概述：

> 是时，许都新建，贤士大夫四方来集。

这说得再明白不过了。建安元年许都新建之时，曹操下书征贤，四方士大夫云集新都，是一个不可移易的历史事实。

今据《三国志》，将建安元年投奔到许都的人物列出，以证《后汉书·祢衡传》"贤士大夫四方来集"之言为不诬。

荀攸：《三国志》卷十本传记他是颍川颍阴人，汉末曾求为蜀郡太守，因为道路断绝，不能到成都，滞留在荆州。荀彧向曹操推荐，建安元年九月（此据《资治通鉴》），曹操写了一封信给他，信中说："方今天下大乱，智士劳心之时也，而顾观变蜀汉，不已久乎！"征他为汝南太守。未几用他做了军师，常为谋主。

郭嘉：《三国志》卷十四本传记他是颍川阳翟人，曾从袁绍，知袁绍不能成大事，遂离去。荀彧向曹操推荐，曹操与之谈论，以为使他成大业的，将为此人，"表为司空军祭酒"。《资治通鉴》记郭嘉为司空军祭酒，也在建安元年九月。

孔融、祢衡：《后汉书》卷七十《孔融传》记孔融为鲁国人，任青州北海郡太守有六年之久。刘备上表献帝，请以孔融为青州刺史。"及献帝都许，征孔融为将作大匠"。《资治通鉴》建安元年则说："曹操与孔融有旧，征为将作大匠。"《祢衡传》说祢衡为青州平原般人，于"兴平中，避难荆州。建安初，来游许下"，孔融上表推荐他。《资治通鉴》将孔融、祢衡来奔，一同系之于建安元年。

陈群：《三国志》卷二十二本传记他是颍川许昌人。汉末，与父陈纪避难于徐州。由于荀彧的推荐，曹操用他做了司空西曹掾属。《祢衡传》记祢衡来游许下，有人问他："盍从陈长文（陈群）、司马伯达（司马朗）乎？"则陈群来到许下的时间，也在建安元年，比祢衡来游许下还要早一些。

司马朗：《三国志》卷十五本传记他是河内温人，曹操"辟为司空掾属"。建安元年祢衡来游许下，既有人问他是否从陈群、司马朗，则司马朗被曹操辟为司空掾属，亦必在建安元年。

徐晃：《三国志》卷十七本传记他是河东杨人。建安元年十月，"太祖讨（杨）奉于梁，晃遂归太祖"。

曹操移献帝都许，在建安元年八月。以上七人都可以肯定是建安元年八月至十二月间，来到新都的。

荀悦：荀彧的从父兄。《三国志》卷十《荀彧传》注引张璠《汉纪》，说他在"建安初，为秘书监、侍中"。

杜袭：《三国志》卷二十三本传记他是颍川定陵人，汉末避乱荆州。"建安初，太祖迎天子都许，袭逃还乡里，太祖以为西鄂长"。《荀彧传》注引《彧别传》说杜袭为荀彧所荐。

李通：《三国志》卷十八本传记他是江夏平春人，"以侠闻于江、汝之间"。"建安初，通举众诣太祖于许。拜通振威中郎将，屯汝南西界"。

刘馥：《三国志》卷十五本传记他是沛国相人，汉末避乱扬州。"建安初，说袁术将戚寄、秦翊，使率众俱诣太祖。"

以上四人本传但言在"建安初"来到许都。按荀悦为荀彧的从父兄；杜袭于曹操迎献帝居许县，即逃还颍川，由荀彧推荐给曹操；李通、刘馥都是听到献帝都许，即来许都的。本传所谓"建安初"，必为建安元年无疑。

还有不少人的本传但言曹操辟他们为司空掾属，未记征辟的年代。按曹操用郭嘉为司空军祭酒，《三国志·郭嘉传》未记年代，而郭嘉之来，实在建安元年。曹操辟陈群"为司空西曹掾属"，辟司马朗"为司空掾属"，本传均未记年代，而据《祢衡传》，可知建安元年他们便已经来到许都。可以断言：本传所记被曹操辟为司空掾属的人物，在建安元年来到许都的，必为不少。这些人有徐奕（东莞人，汉末避乱江东）、徐宣（广陵海西人）、陈矫（广陵东阳人）、卫觊（河东安邑人）、何夔（陈郡阳夏人）、凉茂（山阳昌邑人）、国渊（乐安人）、郑浑（河南开封人）等。

以上从南方荆、扬二州及徐州之广陵来到新都的，有荀攸（滞留荆州）、杜袭（避乱荆州）、李通（江夏平春）、刘馥（避乱扬州）、戚寄、秦翊（二人为袁术将）、徐奕（避难江东）、郑浑（原投豫章华歆）、徐宣（广陵海西）与陈矫（广陵东阳）；

从豫州来到新都的，有郭嘉（颍川阳翟）、荀悦（颍川颍阴）与何夔（陈郡阳夏）；

从司隶来到新都的，有司马朗（河内温县）、徐晃（梁）与卫觊（河东安邑）；

从徐州来到新都的有陈群（避难于徐）；

从兖州来到新都的有凉茂（山阳昌邑）；

从青州来到新都的有孔融与祢衡；

从辽东来到新都的有国渊。

以南方荆、扬二州来的人为最多。那是因为汉末长江中下游比较安定，为人们避难的主要地区。

这不正是《祢衡传》所说，"许都新建，贤士大夫四方来集"吗？

这些人来到许都，投奔曹操，曹操是要会见并宴请他们的。这是由传统的燕飨宾客之礼与曹操的招贤所决定的。《祢衡传》曾经写到曹操在许都"大会宾客"，时即建安元年。按燕飨之礼，宾主都必须赋诗，何况宾客是应曹操的招贤或征辟而来，需要在宴会上表达自己的应招心情；曹操的本意在延揽他们，也需要在宴会上表达自己招纳贤才的胸襟。按燕飨之礼，一方独唱是不存在的。由此而有宴乐《短歌行·对酒当歌》，而歌辞又必为宾主互相酬唱或互赋之辞。

且先不谈此诗的组成。历来公认诗中为曹操所赋之句是，"青青子衿，悠悠我心，但为君故，沉吟至今。呦呦鹿鸣，食野之苹，我有嘉宾，鼓瑟吹笙"与"山不厌高，海不厌深，周公吐哺，天下归心"。前者正是"以《鹿鸣》燕嘉宾"，即取《鹿鸣》"乐宾之义"。"但为君故"的"君"字，指宴会上的宾客，曹操想他们来，是想得已久。"青青子衿"二句，是引《诗经·郑风·风雨》之句比喻宾客与自己。"青衿"，在来到新都之前，宾客还是无官之人。"我心"，在宾客尚留于四方之时，曹操的心已飞向他们。

我们再看"越陌度阡，枉用相存，契阔谈宴，心念旧恩"四句。这被晋乐所奏与《艺文类聚》删去的诗句，究竟是谁唱的呢？前面说过，如果说是曹操所唱，那就要问："越陌度阡"，曹操要到哪里去？"枉用相存"，曹操到了哪里？承蒙哪一个人错爱？"心念旧恩"，哪一个人对曹操有旧恩、旧谊或旧情？这些问题，从《短歌行·对酒当歌》产生以来，或者说近两千年来，从来也没有人解释过。读此诗遇到这四句也只是囫囵吞枣，走马观花，不求甚解。晋乐所奏与《艺文类聚》之所以都要删掉这四句，也就是认为这四句为曹操之作，夹在诗中，意不连贯。但是不是真的不可解呢？非也。如果知道《短歌行·对酒当歌》是宴乐，是按照燕飨宾客之礼流传下来的宾主互相酬唱或互赋的歌辞，就会顿悟这四句的主语不是曹操，而是宾客。"越陌度阡"，是宾客们或者说宾客的代表，诉说旅途奔波，从"四方来集"于许都。"枉用相存"，是宾客们自说"越陌度阡"，来到新都之后，承蒙曹操的存问与错爱。"契阔谈宴，心念旧恩"，是宾客们自说死生契阔，置身于眼前的欢乐的宴会之中，能不想起昔日曹操对他们的情谊？这二语与前面曹操唱的"但为君故，沉吟至今"二语是相对应的。那么，能不能找出宾客中谁是曹操的旧相识呢？旧史当然不可能一一记述，但《后汉书·孔融传》却曾明言孔融与曹操"有旧"。建安元年大会宾客即有孔融在座。这只是一个例子而已。

如此说来，"越陌度阡"四句为宾客所赋，便是铁定的了。须知这不仅符合宾客的身份，符合诗句的内容照应，而且符合春秋以来燕飨宾客的礼节。

这些诗句为谁所赋确定下来了，剩下的诗句为谁所赋，也就好确定了。

全诗三十二句，共四个八句。曹操所赋"青青子衿，悠悠我心，但为君故，沉吟至今。呦呦鹿鸣，食野之苹，我有嘉宾，鼓瑟吹笙"，恰好为第二个八句。宾客所赋"越陌度阡，枉用相存，契阔谈宴，心念旧恩"，为第三个八句的后四语。曹操所赋"山不厌高，海不厌深，周公吐哺，天下归心"，为第四个八句的后四语。这就可以作出判断：第一个八句为宾客所赋，第二个八句为曹操的答辞，第三个八句又是宾客所赋，第四个八句为曹操的第二次答辞。宾主一次酬唱，意犹未尽，因而有二次酬唱，春秋时期已有其例。

此诗第一个八句："对酒当歌，人生几何？譬如朝露，去日苦多。慨当以慷，忧思难忘，何以解忧，唯有杜康。"明白了这八句是宾客的唱辞（造篇），一个千百年来不可解决的矛盾便解决了。原来这几句带有灰色情绪的诗，并非写过"老骥伏枥，志在千里。烈士暮年，壮心不已"的曹操所作，而是来到新都的宾客们在宴会上抒发他们过去怀才不遇、颠沛流离的忧思心情。接着，曹操答唱："青青子衿，悠悠我心，但为君故，沉吟至今。"意为我想念你们直到现在。"呦呦鹿鸣，食野之苹，我有嘉宾，鼓瑟吹笙。"意为忘掉你们过去的忧愁，且尽今日之欢吧！如果说第一个八句是曹操所写，则不仅与《步出夏门行》"老骥伏枥"等句感情不相容，且"青青子衿，悠悠我心"之句，与"何以解忧，唯有杜康"之句，绝对衔接不起来。对此，前人也只有叹一声"意多不贯"了事。

第三个八句前四语："明明如月，何时可掇，忧从中来，不可断绝。"（造篇）这是宾客诉说他们过去不知道自己的怀抱何时可以实现，所以"忧从中来，不可断绝"。现在不同，他们越陌度阡，来到许都，得到曹操的存问，抱负实现有日了。他们不能不感激曹操对他们的始终如一的情谊。

第四个八句前四语："月明星稀，乌鹊南飞，绕树三匝，何枝可依。"（造篇）这又是曹操的答辞。清沈德潜《古诗源》卷五说："'月明星稀'四句，喻客子无所依托。"他说对了。但他未解释曹操何以有"乌鹊南飞"之句。前面说到，建安之初，前来许都投奔曹操的，以南方荆、扬二州的人物为多。汉末他们逃到荆州刘表、扬州袁术治下，可这二人都无"用贤任能"的政策，连用贤任能的想法也没有。来到荆、扬二州的人们，可谓投靠无门。"月明星稀，乌鹊南飞，绕树三匝，何枝可依"，正是会上宾客过去南逃的写照。他们的抱负实现不了是有来由的，因为投错了主人。刘表、袁术不是他们的依靠，刘、袁从来也不珍惜人才。那么谁最珍惜人才，谁能重用你们呢？只有我曹某！于是而有最后四句："山不厌高，海不厌深，周公吐哺，天下归心。"（造篇）

这样解释，全诗不是豁然贯通，无些微窒碍了吗？

由此可以得出结论：从春秋燕飨宾客之礼来说，《短歌行·对酒当歌》是宾主在宴会上互相酬唱，表达心意之作；从《短歌行》为汉乐府相和平调曲中的宴乐来说，《短歌行·对酒当歌》是宾主在宴会上互相酬唱，表达心意之作;从诗中曾引用《诗经·小雅·鹿鸣》之章"以飨宾客"及全诗的内容来说,此诗为宾主在宴会上互相酬唱,表达心意之作。而建安元年,确实有宾客从"四方来集",曹操也确实曾在此年,在新都许昌,"大会宾客"。这一切,都足以说明《短歌行·对酒当歌》为建安元年在许都大飨宾客的宴会上,宾主互赋之辞。从内容考察,是宾客先赋,曹操后赋。一赋(十六句)未能尽意,因而有二赋(亦十六句)。除了这个解释,再无第二个正确的解释。

此文写出,或许《短歌行·对酒当歌》这个千年之谜,可以解开。

谨以此文纪念陈寅恪先生。

曹操诗赋编年简表

时　间	年　龄	诗　作	时　　事	有关文人
灵帝建宁元年(168)	十四	《对酒》	一月，陈蕃、窦武秉政。九月被害。曹操至洛阳，游太学	—
建宁二年(169)	十五	—	曹操上书为陈蕃、窦武翻案。十月，第二次党锢事起	—
灵帝熹平三年(174)	二十	—	曹操卒业于太学，举孝廉，为郎，除洛阳北部尉	—
灵帝中平元年(184)	三十	《度关山》	二月，黄巾起兵。五月，曹操迁济南相。十二月去职	—
中平四年(187)	三十三	—	—	曹丕生
中平六年(189)	三十五	—	灵帝卒，刘辩即位，年十七，是为少帝。何太后临朝，何进秉政，召外兵谋诛宦官，谋泄被杀。董卓率军至洛阳，废刘辩为弘农王，立陈留王刘协为帝，是为献帝。时年九岁。曹操于己吾(属陈留郡)起兵讨董卓，父曹嵩避乱琅邪	—
献帝初平元年(190)	三十六	—	正月，关东州郡皆起兵讨伐董卓，推袁绍为盟主。二月，董卓胁献帝迁长安，悉徙其民，尽焚宫室、民家	—

续 表

时 间	年 龄	诗 作	时 事	有关文人
初平二年 （191）	三十七	—	董卓至长安,袁绍据冀州,曹操为东郡太守	—
初平三年 （192）	三十八	—	司徒王允与吕布杀董卓,曹操为兖州牧	曹植生
献帝兴平元年（194）	四十	—	曹操之父曹嵩为徐州牧陶谦所害。是年陶谦卒,刘备代领徐州牧	—
兴平二年 （195）	四十一	—	七月,杨奉、董承奉献帝离长安东归。十二月,渡河至安邑。献帝拜曹操为兖州牧	—
献帝建安元年（196）	四十二	1.《善哉行》二首 2.《薤露》 3.《短歌行·对酒当歌》	正月,曹操派曹洪西迎献帝遇阻。七月,献帝至洛阳。八月,曹操至洛阳奉献帝至许县,从此建都于许。十一月,曹操为司空、录尚书事。在新都招贤屯田	
建安二年 （197）	四十三	《蒿里行》	此年春,袁术在淮南自称"仲家"。九月,曹操东征袁术,袁术败走淮南	—
建安三年 （198）	四十四	—	曹操破吕布于下邳,获泰山臧霸等人,割青、徐二州附于海以委之	—
建安四年 （199）	四十五	1.《谣俗词》 2.《家传》	袁术卒于寿春。此年,曹操始制新科,行户调。田租亩四升,户绢二匹,绵二斤	—
建安五年 （200）	四十六	—	曹操大破袁绍十万大军于官渡。此年郑玄卒	—
建安七年 （202）	四十八	—	曹操军谯,作《军谯令》。此为曹操于中平六年(189)起兵后,第一次返乡。至浚仪祀桥玄,作《祀故太尉桥玄文》。 袁绍卒,少子袁尚袭位	—

时　间	年　龄	诗　作	时　事	有关文人
建安八年（203）	四十九	《董卓歌》	此年曹操发布《庚申令》，驳斥议者所谓郡国之选，应重"德行"之言。强调"有事赏功能"	—
建安九年（204）	五十	—	此年八月，曹操攻取冀州州治邺城。曹操领冀州牧，让还兖州。此后曹操住于邺城，献帝仍居许都	曹丕随军，纳袁熙妻甄氏。曹丕时年十八，甄氏年二十二。于时曹植年仅十三
建安十年（205）	五十一	《鹖鸡赋序》	曹操攻占勃海郡的南皮，击杀袁谭，平定冀州。尝于南皮一日射雉六十三头。作《整齐风俗令》	陈琳归附曹操（此据《资治通鉴》），居邺
建安十一年（206）	五十二	《苦寒行》	西征高干，攻拔壶关，并州平。作《明罚令》，禁并州寒食。以梁习为并州刺史	曹操以金璧向并州南匈奴赎回蔡琰。此即"文姬归汉"，蔡琰居邺
建安十二年（207）	五十三	1.《步出夏门行》四首 2.《沧海赋》	五月，北征乌丸。八月，大破乌丸与袁尚联军于白狼山，辽东公孙康斩送袁尚、袁熙首级于曹操，北方平定。是年刘备始用诸葛亮	—
建安十三年（208）	五十四	1.《气出倡·驾六龙》 2.《气出倡·游君山》	六月，罢三公官，置丞相、御史大夫。曹操为丞相。七月，曹操南征刘表，取襄阳与江陵。十月，顺江东下，于巴丘遇疫，留驻之日，往游君山。十一月，赤壁乌林之战，曹操失利	刘桢《赠五官中郎将》四首，其一有云："昔我从元后，整驾至南乡。"《文选》李善注："元后谓曹操也，至南乡谓征刘表也。"《三国志·王粲传》注："《典略》载太祖初征荆州，使（阮）瑀作书与刘备。"襄阳既破，滞留荆州的王粲归向曹操。建安诸子会聚邺城
建安十四年（209）	五十五	—	三月，曹操至谯，治水军。此为起兵后第二次返乡。刘备领荆州牧，驻军公安	—

时　间	年　龄	诗　作	时　事	有关文人
建安十五年（210）	五十六	《短歌行·周西伯昌》	此年春，曹操发布第一次求贤令，制定"唯才是举"方针。十二月，作《让县自明本志令》。此年冬，造铜雀台于邺宫西园西北角	—
建安十六年（211）	五十七	1.《气出倡·华阴山》 2.《陌上桑》 3.《登台赋》	九月，华阴之战，曹操一举击破关中马超、韩遂等关中诸将，设宴华阴山。十月，曹操自长安北征杨秋，围安定，杨秋降	曹植被封为平原侯。时年二十。曹丕为五官中郎将，置官属，为丞相副。时年二十五
建安十七年（212）	五十八	—	此年十月，曹操出征孙权。荀彧卒	阮瑀卒。《文选》卷四十二曹丕《与吴质》写到阮瑀之死，其言云："皦日既没，继以朗月，同乘并载，以游后园（西园）。……元瑜（阮瑀字）长逝，化为异物。"此记西园之会也
建安十八年（213）	五十九	《却东西门行》	此年春正月，曹操进军濡须口，攻破孙权江西营，获孙权都督公孙阳。夏四月，还军至邺。五月，曹操为魏公。十一月，初置尚书、侍中、六卿	—
建安十九年（214）	六十	—	曹操发布第二个求贤令——《敕有司取士毋废偏短令》，在"有行"与"进取"之间，取"进取之士"。刘备取成都，复领益州牧	曹植徙封临淄侯
建安二十年（215）	六十一	1.《秋胡行·愿登泰华山》 2.《秋胡行·晨上散关山》 3.《善哉行·痛哉》	三月，曹操西征张鲁。四月，自陈仓以出散关。秋七月，至阳平，大破张鲁守军，进入南郑，汉中平。十二月，自南郑还	—

时　间	年　龄	诗　作	时　事	有关文人
建安二十一年(216)	六十二	—	五月,曹操为魏王,王下称公,帝下称王。齐桓于周王下称公,帝下称公,于曹操似为不类,故称王欤	—
建安二十二年(217)	六十三	—	八月,曹操发布第三个求贤令——《举贤勿拘品行令》,强调"负污辱之名,见笑之行,或不仁不孝而有治国用兵之术(才),其各举所知,勿有所遗"	王粲卒。《三国志·王粲传》:"建安二十一年从征吴,二十二年春,道病卒,时年四十一。" 十月,曹丕被立为太子。冬,大疫,徐干、陈琳、应玚、刘桢均逝(《三国志·吴质传》注引《魏略》)
建安二十三年(218)	六十四	《精列》	六月,曹操作《终令》,"其规西门豹祠西原上为寿陵"。七月,曹操治兵西征刘备	曹丕于建安二十三年作《与吴质书》云:"昔年疾疫,亲故多离其灾,徐、陈、应、刘,一时俱逝,痛何可言邪!昔日游处(指西园)……何尝须臾相失!每至觞酌流行,丝竹并奏,酒酣耳热,仰而赋诗。当此之时,忽然不自知乐也。" 曹丕编徐干、陈琳、应玚、刘桢遗文,"都为一集"(见建安二十三年《与吴质书》)
建安二十四年(219)	六十五	—	曹操率军至阳平关,无功而还。刘备遂有汉中。七月,称汉中王。十月,曹操已至洛阳,自洛阳南征关羽,驻军于颍川郏县之摩陂,为襄阳曹仁作声援。孙权取江陵,攻杀关羽	—
建安二十五年(220)	六十六	—	春正月,曹操还至洛阳,病卒。二月,葬高陵,即邺城西门豹西原上所造寿陵	曹丕继位为魏王。十月,代汉称帝(魏文帝),献帝被废为山阳公。十二月,初营洛阳宫

编后记

历时四载，经过大家的辛勤努力，《万绳楠全集》今天与大家见面了！

万绳楠（1923—1996），江西南昌人，安徽师范大学教授，著名历史学家。1942年万绳楠先生考入西南联合大学历史系，受教于翦伯赞、陈寅恪、吴晗等。1946年大学毕业后他考取清华大学历史研究所，师从陈寅恪教授。新中国成立后，先生先后任教于安徽大学、合肥师范学院、安徽师范大学，是安徽师范大学历史系创办者之一。

万绳楠先生在其近50年的治学生涯中，始终潜心育人，笔耕不辍，在魏晋南北朝史、宋史、区域经济社会史等诸多领域都作出了重要学术贡献，而于魏晋南北朝史研究用力最勤。先生著述宏富，发表专业论文近百篇，著有《魏晋南北朝史论稿》《魏晋南北朝文化史》《陈寅恪魏晋南北朝史讲演录》《文天祥传》《中国长江流域开发史》等著作。先生治学不因陈说，锐意创新，持之以恒，晚年生病住院期间，仍坚持写作，带病完成《中国长江流域开发史》等著作。除了在史学研究上的成就外，先生在人才培养方面也做出了杰出贡献，他于20世纪80年代即招收研究生，为史学界培养了许多杰出人才。

安徽师范大学历史学院历来注重学术传承，近年来先后整理了诸如胡澱咸、陈正飞、光仁洪、张海鹏、陈怀荃、王廷元、杨国宜等老一辈的文集十余种。2019年学院又组织专门力量，启动汇编《万绳楠全集》工作，通过整理先生著作，继承先生事业，光大师大史学，并为2023年纪念先生百年诞辰做准备。本次整理先生全集，除了汇编先生已经出版的论著外，我们还通过多方努力征集先生手稿，收集先生文稿，将先生发表在各种报刊、文集中的文章和尚未发表的40余万字成果编入全集中。先生治学功力深厚，著述宏富，因整理者学力不逮而导致的错漏在所难免，请读者批评指正，以俟来日修正。

借此机会，向指导和帮助全集整理和出版工作的汪福宝、卜宪群、陈力、马志冰、庄华峰、于志斌等表示诚挚的感谢！万先生文稿收集和全集编纂的具体工作由安徽师范大学历史学院庄华峰、刘萃峰、张庆路、林生海、康健等老师负责，尤其是刘萃峰老师，在协调和统校方面做了大量工作。参与收集、录入、校对工作的有蒋振泽、谭书龙、马晓琼、丁雨晴、白晓纬、姜文浩、李英睿、庞格格、罗世淇、王吉永、刘春晓、蔡家锋、谷汝梦、黄京京、吴倩、武婷婷、姚芳芳、刘瞳玥、张丽雯、高松、张昕妍、宋雨薇、陶雅洁、王宇、郑玖如、冯子曼、程雯裕、包准玮、李静、李金柱、欧阳嘉豪、郭宇琴等师生。在此，对参与全集整理工作的师生们表示衷心感谢！

还要感谢安徽师范大学出版社的张奇才、戴兆国、孙新文、何章艳、蒋璐、李慧芳、翟自成、王贤等同志，他们对文稿的编校至勤至谨，付出很多。安徽师范大学档案馆提供了万先生手迹、照片等珍贵资料，庄华峰为全集书写了题签，在此也一并致以谢忱！

还要特别感谢万先生哲嗣万小青、女儿万小莉的无私授权和大力支持，使我们能够顺利完成全集的整理和出版工作。

2023年是万绳楠先生一百周年华诞，这部《万绳楠全集》的出版，是我们对先生最好的纪念！

安徽师范大学历史学院
2023年10月